折口信夫

歌の子詩の子、

持田叙子
Mochida Nobuko

幻戯書房

目次

I

II

III

歌の子詩の子、折口信夫

装幀　真田幸治

歌の子詩の子、折口信夫

空があって、夕日があって、そこに歌と詩がある。そんな時代に折口信夫は育った。

故郷は、東洋のマンチェスターといわれる大阪の、紡績工場の集中する南部郊外の市場町の木津村。

工場から黒煤が降る。川も濁る。とはいえ、現在の大都市のようにビルが林立するわけではない。工場の煙突ははるか向う。いくすじも川が流れ、光る古い町だ。

空はさえぎるものなく広い。むしろだだっ広い。虚空をあおぐ。雲が流れ、鳥が飛ぶ。自分もなかば鳥と化し、羽ふるわせて遠くの夢の国を想う。

そんなときは、大好きな万葉集の歌を口ずさむ。あるいは新しい自身の生きる時代の詩を高らかにうたう。

たとえば、深い愁色の底に壮大な響きを湛える土井晩翠の詩をうたう。島崎藤村とならんで明治の新しい詩界を支えたこの浪漫詩人は、ことに夕日と雲と空を愛す。

思入日（おもひいりひ）を先きだてゝ
たそがれ近き大空に
うかびいざよふ雲のむれ
暮行くけふの名残とて
見るめまばゆきあやいろを
染むるは何のわざならむ。
――（中略）――
あゝ夕雲のかけりゆく
空のあなたぞなつかしき
心の渇きとゞむべき
そこに生命の川あらむ
真理のかどを開くべき
そこに秘密の鍵あらむ。

――土井晩翠「夕の思ひ」より

詩歌の師はいない。ひとりでうたう。時には友だちとうたう。高らかにうたえば、茜色を刷く空にたしかに、生命の川が滔々と流れるのが視える。そこにこそ心の原郷があるのだと実感される。

家へ帰れば、古い生薬屋の店先にはいつも女客が何人かねばって、噂や愚痴を一巻きしゃべっている。薬を調合する母や叔母は商売柄、良い聞き手になって、立ち入らず、さりとて冷淡にならず、そら大変だすわ、えらいことでんな、などと合づちを打つ。

暮らしから湧きあふれる実にごちゃごちゃしたことば。軽口、悪口、泣き言繰り言。そんな故郷の土に染みつくことばも年とってからは愛するようになったけれど、多感な少年時代にはそう達観できない。世間の俗にまみれたことばや、それらが表わす平べったい世界観から遠ざかりたい。

折口信夫はその点、祝福されていた。明治二十（一八八七）年生まれの彼は、魂のもっとも鋭敏に成長する時代にぞんぶんに、三十年代に興隆した浪漫詩の新しい清々しい乳と蜜を吸った。浪漫詩興隆の時代はまた、かつてないほど和歌と詩が親密に近づいた時代でもある。

折口信夫とはもちろん、歌人の釋迢空でもある。幼稚園に通う信夫の、まだ満足にもの言えない紅いあどけない唇に、その父親は西行や百人一首の歌を口うつしで注ぎ入れた。それより生涯、歌にいたついた。

歌のことばのリズムを、日本人に憑いた魔だと言う。けれど決して自分も歌を離れられないと言う。運命的な歌の子である。

とともに彼は、浪漫詩の時代をゆりかごとする詩の子でもある。中学時代に関していえば、折口少年は歌に魅せられるのと同じくらい深く、若者のための新しい詩に魅せられていた。歌作が多いが、新体詩もかなりつくっていたらしい。

彼の通っていた天王寺中学校の校友会誌「桃陰」には、十五歳の彼が講堂で、自作の新体詩「行く雲」を朗読したとの記事がある。

緑ゆたかな丘陵の上に立つ天王寺中学校の校舎の二階の窓からは、晴れた日は四天王寺の伽藍をこえて、大阪と奈良の境にたたなづく金剛山や葛城山、紀伊山脈があざやかに見晴らせた。

折口少年の創作詩「行く雲」とは、学び舎からしばしば望み見た、それら彼方の山なみと雲が落日の緋色に染まる哀愁をうたう詩だったのではないか。

そしてそんな少年の日の可憐でせつない詩想から、この列島の人間が生きるつらさに疲れた時に海の青の果てに夢みる想像の国、折口民俗学の柱となる〈異郷〉のモチーフも羽ばたいたのであったろう。

折口の〈古代研究〉とは、証拠を緻密にならべて自己の学説を強化し客観化するのを目標とする学問とは、また全く異なるかたちの学問である。

それは著者の生きる日々の考えと感じ方の変化に合わせ、いくたびも変容し、解体され、裏返しになり反対になり、流れ動きつづける。〈異郷〉論などは、その最たる例である。

折口は固定と安住を憎む。たとえば日本文学の歴史と彼が言うとき、それは列島の歴史の上に固定されない。列島の地図からはみ出し、列島に移住する以前の日本人のながい航海の歴史、その海の民がうたい伝えた海のさすらいの叙事詩に目をそそぐ。

みごとに完成した作品でも、その内部から完成を破壊し、さらに先へ進む「未来欲」のエネルギーがないならば、美しい完成に何の意味もないと言い切る。

未来へひらく。未来に貢献する。そのためには自分一個の完成のみを追うべきではない。実験に挑む。過去の自身を壊す。その無惨な結果に苦しみ悶え、しかし試みつづける革命と未完の力を彼は尊ぶ。

みずから述懐するように彼は、「古き代の恋ひ人どものなげき歌　訓み釈きながら　老いに到」った古典学者である。それが彼の礎である。古典和歌のあわ雪のような儚さと優美な情調を愛した、根っからの歌の子である。

しかしその愛情だけでは、日本文学の歴史地図を一新する〈古代研究〉の革命精神は育たなかったであろう。

忘れてはならない。彼は詩の子でもある。彼の生い育った時代、新体詩とはそれ自体が烈しい革命である。民俗学をおこした柳田國男も、その親友で近代文学に恐ろしい赤裸々な自己告白小説の嵐を巻きおこした田山花袋も、文学と社会革命を接近させた国木田独歩も、みな若いころは新体詩に没入した詩人である。詩が革命のことばであったことがうかがわれる。

また、古典和歌の優雅を切り裂いて男の情熱をうたった革命的な歌の子詩の子が、折口少年のあこがれの人として天の星のようにかがやき、活躍していた。与謝野鉄幹である。このあこがれの人を、折口信夫は後年まで一貫し、高く評価していた。

鉄幹にはやはり歌の師匠はいない。僧である父の手ほどきをうけ、万葉集を深く愛した。少年時代はひとり、一年間に何千首も歌作にはげんだ。

その古典和歌へのなみなみならぬ素養に立って、あえて歌の古い伝統を破壊した。花鳥風月を詠む貴族的な伝習を蹴飛ばし、憂国の思い、恋愛の鮮血ほとばしる情熱をうたった。

歌の優雅はよく知るが、この近代に優雅など何するものぞ。鉄幹は、和歌を支えてきた御殿の奥の貴族に代わり、志燃やす青年男女を和歌の主役に据えた。衝撃的な歌論「亡国の音」では、師から弟子への伝授をおもんずる和歌の継承をあざ笑い、「宇宙を歌う宇宙即ち我歌なり」と宣言した。

まさに鉄幹のひきいる「新詩社」とは、歌を新しい時代の詩とする革命ののろしである。和歌にまつわる伝統性芸能性を捨て、個として独立し、うたう価値を説いた。歌を知る内側からその古い殻を破り、新しい時代の詩を生むべく闘った。

折口信夫という詩人学者がその内奥につねに絶やさぬ革命精神も、その一面は彼が運命的な歌の子であり、とともに時代に破壊と創造をもたらす新しい詩の子であるという葛藤から解けると思う。

まずは、空と雲をあおいで浪漫詩をうたい、こころもからだも高らかな想いに染まる折口少年の姿に目をそそぐところから出発しよう。そして「文学を愛でてめで痴れて」(折口信夫「文学を愛づる心」)世を終えたたぐいまれな歌の子詩の子——詩人学者の美しく複雑な文学へのあこがれを追ってゆきたい。

大阪の兄さん詩人——薄田泣菫

「ただいま」

と声を出しても、だれもお帰りなどと言わない。そんなことには慣れている。勝手に自分の部屋と決めている、二階の物置へ駆け上がる。

父がとうとう医者の座につくことを嫌いとおし、折口医院の看板だけは掲げるものの、内実は女たちの手で調合する和漢方を扱うくすりやである。医師不在をつぐなうたっぷりの愛嬌が欠かせない。

人見知りの母親もいつのまにか、木津の市場町でも一角（ひとかど）の聞き上手になった。今も店舗にする家の表側から、はあ大変でんなあ、そら切ないことですなあ、などと、客の愚痴やうわさ話をやわらかく淡くこなす母や叔母の声が聞こえている。

母も母を手伝う二人の叔母も、この忙しさの中で、五人の子どもたちに注意を払うゆとりはない。慣れたもので子どもたちは皆、大概のことは自分で始末をつける。

女たちにゆとりがあれば、茶の間の卓の上に砂糖ビスケットや石衣など日持ちのよいお菓子が用意してある。何もなければ、店の奥の銭函から小銭をつかみ出し、外へ行くまでだ。まわりの市場町には、小腹をみたす甘辛なんでもある。ぜんざい、うな丼、串かつ、てんぷら、くるみ餅……。

恥ずかしなあ、お行儀わるいなあ、学校のええ家の子に混じると、あんたら肩身が狭かろうと折にふれて母は嘆くけれど、自分は商家の子でよかった、この自由はこたえられないと思っている。せせこましい家の中で正座して、母の手からおやつをもらう同級生がむしろ、子どもに見える。

今日はおやつは抜き。海軍風の中学の制服をきものに着がえ、すぐまた出かける。心斎橋筋にある大好きな本屋、金尾文淵堂（かねおぶんえんどう）へ行くのだ。

このあいだ借りた新しい文芸誌を三冊ほど、ふろしきに包んで持つ。今日は東京からどんな新刊本が届いているか、胸が高鳴る。

家のある木津村から東区南本町の本屋まで、歩いて一時間あまり。平気だ。脚気が持病のくせによく歩く。母が注文したたんぽぽエキスやエーテル、アンモニア水、美肌クリームなどを受け取りに、道修町（どしょうまち）の薬問屋へもしばしば使いに出される。

やや後に、薬かごを持って歩く自分の姿を、やはり医業にたずさわった偉大な国学者の本居宣長に重ねるような、こんな歌を詠んでいる。

この小径この板橋を宣長の薬籠さげて立ち走りけむ

ところで。大阪に新刊本のそろう本屋は少ない。そこは東京よりかなり立ち遅れている。折口信夫の通った天王寺中学校の五年後輩の宇野浩二は、道頓堀にあった田中書店を大阪一の名書店として記憶している。田中書店に行けば、東京の最新刊の本の大抵はそろっていたと回想している。

信夫も道頓堀に行くことが多かったから、田中書店も知っているはずだが、なぜかその名書店の名は彼の文章には出てこない。その代わり、折口が随筆「詩歴一通」などでなつかしげに触れるのは、心斎橋の交差点の角にあった小さな店、金尾文淵堂である。

ここは本屋であり、そして最先端の文芸サロンでもあった。そこがすばらしい。

先代までは、どちらかというと古くさい仏教専門書店であった。店を二十そこその若さで継いだ息子の種次郎が、それを変えた。彼は文学青年だった。仏教書と並行し、文芸書をあつかった。のみならず、明治三十（一八九七）年に自店を発行元とし、「ふた葉」と題する文芸誌を立ち上げた。

大阪は産業革命は成功したものの、新しい芸術や文学を育てる土壌が貧しい。文学者もみな、名が上がれば大阪を去り、東京へ行く。最新の芸術の都、東京をめざす。

そんな風潮のなかで、明治三十年代の金尾文淵堂の健闘はきら星のようにかがやく。若主人の種次郎は、ここから多くの青少年に熱愛された偉大な浪漫詩人・薄田泣菫を羽ばたかせたのだ。

薄田泣菫はもともと、大阪には縁がない。岡山の人。中学を中退して上京し、独学で詩想を練った。上野図書館に通いつめた。はじめての詩集を出すとき、東京の諸出版社で断られた。無名の詩人の詩集を出そうという義侠心などは皆、持たなかった。

窮した泣菫は友人をたより、その縁で小さな仏教書店のあるじ、種次郎がそれを引き受けた。しかも当時として目だつ華麗な装丁で、泣菫の詩集をかざった。種次郎にとっても、これが初めて手がける出版物だった。

結果は――二か月で初版五千部が売り切れた。泣菫はこの第一詩集『暮笛集』にて華やかにデビューした。詩人は出版主の意気に感激し、種次郎を「詞友」と呼んだ。そのまま金尾文淵堂の二階に居つき、店の文芸誌「ふた葉」を「小天地」と改名し、その編集にたずさわった。あるじ不在のときは、泣菫が帳場を守った。

信夫が父や叔母にねだらず、初めて自分のお小づかいで買った思い出の本が、この『暮笛集』。刊行された翌年の、明治三十三（一九〇〇）年。信夫は十三歳。天王寺中学校に入学かない、ころ高揚していた。歌を愛する少年同志らと出会い、終生文学に仕えると決意していた。

『暮笛集』の出た明治三十二（一八九九）年十一月は、明治の浪漫主義において画期的な時である。東で二十六歳の若き鉄幹が、詩歌革命を叫ぶ「新詩社」ののろしを上げた。

鉄幹はただちに西の泣菫、二十二歳の詩人の『暮笛集』の快挙に呼応し、熱いエールを贈った。

「同じ寂しさ」を知る同志の詩人よ、と泣菫に呼びかけた。

泣菫もこれに応え、「都に詩歌の集会」を創出した鉄幹こそ神に祝福されるにふさわしい桂冠の詩人であると、敬意をささげた。これより二人の詩人は純な志でかたく結ばれる。

泣菫は「新詩社」の雑誌「明星」に精力的に詩を掲げ、鉄幹、やや後には晶子が泣菫編集の「小天地」にしきりに寄稿する。その縁であろう、泉鏡花や永井荷風もこの大阪の小さな書店の雑誌によく寄稿した。晶子などは、大阪でがんばる泣菫の活躍にも感じていたのか、鉄幹に向かい、「好きな好きな泣菫さま」などと吐露している。

十三歳の信夫は胸とどろかせていたのにちがいない。鉄幹二十六歳。泣菫二十二歳。種次郎二十歳そこそこ。みな若い。自分の兄さんほどの青年たちだ。その若い人々がどんどん新しい青春の口にのせるにふさわしい詩歌を創造してゆく。勇をふるい、「詩人」として世に凜々しく立つ。「詩人」とは、浪漫詩のキーワード。世間にては役立たずとおとしめられ、しかし実はもっとも尊敬されるべき魂の求道者である。

そのきらめく星、今の青年男女が熱くあこがれる渦中の浪漫詩人、泣菫が目の前にいる。大好きな書店へ行けば、ときどき帳場格子の中にすわっている本人を見ることができる。文学少年の信夫にとっては、目のくらむほどの大きな感激である。

沈着な瞳、うつくしく筋のとおる鼻梁。ひきしまった口つき。ああ、あの口から人間の内奥を深く探ることば――「透き入る真玉の宮に眠る　不滅のいのちを知るや君は」「秘密をえがく永

劫の　遠き光を透かしみて、ものの命のいまさらに」が流れ出るのか。
清純なのに妙に官能をゆさぶることば——「誰に語らん、柔肌に」「花くだけちる短夜を」「恋の花びらしだかれて　しをれゆく日の無くてかは」がつぶやき出たのか。

信夫少年には深くしみいる感動と刺激であったろう。彼の後年の詩や短歌には、かなり深沈と浪漫詩のことばの影がただよう。著名な「葛の花　踏みしだかれて、色あたらし。この山道を行きし人あり」にはあきらかに、花が踏まれ、色がにじむ春の痛ましさに恋の悲しいゆくえを託した、泣菫の詩語のイメージが嵌め込まれている。

目の前で帳場を守りつつ本を読む泣菫。よし、自分も大阪から立とう。世俗の出世を求めるより、詩人として霊界に生きる星となろう。少年は決めた。

そのとおり、折口信夫は古代人の内面を追う魂の学者となった。彼の〈古代研究〉の一面は、彼みずから述べるように、日本人の霊魂信仰・霊魂観念の研究である。

それは、〈古代研究〉の原点である彼の万葉集論を読めば、よくわかる。

彼がいとしい古い歌の奥に透視するのは、この列島に日本人が移住してから奈良朝までの、日本人の「内界」つまり信仰生活の実際についてである。

折口によれば、古代人の信仰とは霊魂信仰である。肉体は霊魂をいれる器。死ねば霊魂は器をはなれ、しばらく浮きさまよう。復活をねがい、肉体の器に魂を呼びもどす呪術をおこなう。そのことば。その手ぶりや舞。それが日本の文学となり、芸能となる。

生きているあいだも魂は肉体からはなれる。重い病気、不安な旅中、出産時。恋わずらい、そう、恋わずらい……。

「もの思へば沢の螢もわが身よりあくがれ出づる魂かとぞ見る」。この和泉式部の恋の名歌も、そうした古代の霊魂信仰の記憶を底に秘めるものと折口は解く。あまりになやましく恋びとの面影を追うから、魂が自分の身からぬけでて川辺をさまようと、式部は恐れているのだ。折口はそう読む。

万葉集の古い歌の多くは、魂の歌。魂を呼び、魂を身につける呪術の歌だ。古代から堆積するそうした魂歌の地層から、人間のこころを見つめる内省的な哲学の歌、魂が他の魂を呼ぶ恋歌が生まれたのだと折口は洞察する。

日本の歌の本領は魂の歌。ゆえに世界文学の中でも日本文学は早く、精神性の高い文学を生んだ。〈古代研究〉の一面は、その発見からはじまる。

なぜ折口信夫はその学問の始発に魂のテーマを据えたのか。列島に棲みつく以前の日本民族のながい海上のさすらいの歴史を思うとき、なぜ海の彼方の「わが魂のふる郷」を鮮烈に「実感」することから出発したのか。

目に見えない「魂」「命」「生命」「心」こそ、明治三十年代に盛りをきわめる浪漫詩が若々しく歌い、人生を賭して探し求めたものである。「詩人」「歌人」とは彼らにとって、魂の求道者を意味する。

世に泣くすみれの花——泣菫は流れるようにうつくしく歌う。しかしその歌の味わいは甘くない。求道者の禁欲と憂悶、目に見えぬ魂の色や光を追う霊性があふれる。

そこに信夫少年はつよく魅せられた。少年の暮らすのは、銭の川の流れる商いの町。大人たちはみな、魂のことなど知らぬ顔で生きる。モノと金を見て生きる。だからこそ深々と、浪漫詩人の放つ霊のことばの矢は、少年の身に突き刺さった。

ほとんど毎日やってきては、頬を紅潮させて店内の本を長い時間つくづくながめ、迷った末に一冊、ときに残念そうに何も買わないで帰る可愛い小柄な中学生のすがたは、金尾文淵堂でも目だった。

店主の若くハンサムな種次郎は、気さくに少年に声をかけた。後で払ってくれればよいからと、自らこれぞと思う東京の新刊本や文芸誌を、少年に惜しみなく持たせた。

律儀な信夫は、他の書店には行かなくなった。それにこの店はやはり凄い。大阪で新しい文学の波をおこそうとする場所。いろいろな文化人が来店する。泣菫や種次郎がそんな人たちとする会話を小耳にはさみ、詩歌や小説の最先端を知る。

金尾文淵堂。そして明治三十二年からほぼ四年間、この書店で暮らした浪漫詩人の泣菫。しかも書店主と詩人は志を同じくする「詞友」だった。

ここが十二歳から十六歳までの多感な年齢の信夫少年にとって、たいせつな文学教室であったことはおおいに注目すべきであろう。

そして折口信夫の鉄幹への生涯つづく高い評価も、金尾文淵堂を彼らのあいだに置いてみると、よく了解される。

種次郎は泣菫をデビューさせた後、泣菫との関係で、東京の新詩社と親しい関係を結んだ。鉄幹と晶子の著作の出版にも長らく関わった。特に種次郎としては、大阪出身の晶子を応援する気もちがつよかったのであろう。

『みだれ髪』の初版は東京で出たが、明治三十七（一九〇四）年の三版の発行元は種次郎である。つづく晶子の歌集『小扇』『夢の華』『春泥集』も、金尾文淵堂が出した。

大阪の有力な書店としては他に杉本書店などもあるが、金尾文淵堂は大阪と東京を清新な詩歌革命の炎で結びつけた、めざましい存在なのである。

古典和歌に没入していた十代の折口信夫はここにて、自身の生きる時代の文学の動きの刺激を浴び、鉄幹や晶子をまざまざと身近に感じたにちがいない。

それにもう一つ、ゆたかな想像ができる。金尾文淵堂は仏教書専門店でもある。種次郎も、熱心な浄土教信者だった。西方浄土を念ずるという意味の「思西」という俳号を自身につけていた。とうぜん仏教書を求める学僧も多く来店したであろう。

折口信夫の青春時代の伝記に、藤無染という謎めいた若い学僧がいる。折口は十八歳で上京し国学院大学に入学し、上京後の数か月を「新仏教家藤無染」（自選年譜による）と同居した。

この若き学僧は、明治の仏教革命の闘士。同居生活は数か月で解除されたが、仏教とキリスト教を融合させ世界宗教として受容するその思想に、大学生の折口が深く大きな刺激を受けたことが、近年、作家の富岡多恵子氏と評論家の安藤礼二氏によって鋭く壮大に指摘されている。

それに関して、十代の折口と無染が東京以前にどこで出会ったのかは、依然として伝記の薄闇に隠されたままである。

もしや——仏教専門書店であり清新な文芸サロンである金尾文淵堂で種次郎を介し、ふたりは出会ったのではないか。そんな可能性は充分ある。

折口信夫という人は年少の頃から、仏教ぎらいの柳田國男とはおおいに異なり、寺院や学僧、その禁欲生活につよく魅せられる質をもつ。晶子ばりに、若き僧とのせつない恋を詠む歌もおさない日より目だつ。

そういえば折口が深く敬する鉄幹も、一族あげての仏教者である。父も兄たちも僧侶であり、鉄幹自身も少年の日に得度している。父の代理として説教をおこなっていたことも、鉄幹が歌人として名をあげる以前にはある。

折口がなついた種次郎もあつい仏教信者、泣菫の詩にも仏教の教えの薫りが濃密に立ちこめる。明治の浪漫詩と仏教信仰は切り離せない。魂の歌だから当然ともいえる。仏教信仰の軸にイメージとして多彩に、古神道やギリシャ教、キリスト教の要素がまつわり絡む。

浪漫詩と世界宗教との密な関係性は、折口の〈古代研究〉の形成にも深く染みつく重要な問題である。

晩年の弟子の岡野弘彦氏によれば、折口は少年のころからの習慣で、散歩のときなどよく昔の浪漫詩を口ずさんだ。口ずさんだというより、高らかに歌った。

中でもしばしば歌ったのは、薄田泣菫の名詩「公孫樹下にたちて」であったという。明治三十五（一九〇二）年発表。第三詩集『二十五絃』におさめられた。

あゝ日は彼方、伊太利（いたりあ）の
七つの丘の古跡や、
円（まろ）き柱に照りはえて。
石床しろき回廊（わたどの）の
きざはし狭（せば）に居ぐらせる

壮大な調べに乗って古代ローマの都のにぎわいのイメージが浮上し、その神殿の連想で日本古代の吉備の国の神々の戦いが歌われる。

折口信夫だけではない、少年の日にこの浪漫叙事詩を愛した人は少なくない。宇野浩二も芥川龍之介も久保田万太郎も辰野隆も、年経てなお機会あれば、この勇壮な詩を情熱的に歌った。ときにひとり吟じ、ときに友人と声あわせ歌った。

特に大阪の文学少年にとって、泣菫は強烈な詩人だった。宇野浩二も泣菫を、「私の、青春の、あこがれの詩人」であったと特記している（評伝小説『芥川龍之介』昭和二十八年）。

浪漫詩には霊性が染みこむ。かつそれは、口にのせる勇ましい美しい調べの歌としても工夫されている。

つまり浪漫詩人とは、神の物語をかなでる吟遊詩人なのだ。こころの琴をかなで、高らかに歌う語部（かたりべ）なのだ。

しかもその琴と歌に魅せられた多くの少年少女も、それぞれ小さな吟遊詩人となり、歌う。町の本屋が小さな人たちに優しかった時代。町の文化発信基地でもあった時代。本の詩の文字が口に伝わり高らかな調べとなり、多感な若い人々にありありと魂のふる郷を指した歌の時代。

そこに折口信夫は育った。万葉集があって、そして身近にも魂の歌の流れがあった。彼の〈古代研究〉は日本文学史のはじまりに、歌と物語を口で歌う〈語部〉を画期的にすえ、その存在を文学の初期の作者としたけれど、みずからも豊かな歌の時代に生い育った折口にとって、それはごく自然な発想であったのかもしれない。

小銭の詩

数年前、テレビの文化番組で永井荷風についてお話をした。その折、若い女性スタッフが哀しそうにこうつぶやいていたのが忘れられない。

「日本の文学者はみんな、家族をないがしろにするんですか。この間は島崎藤村のお話だったんです。藤村って、自分が傑作を書くために貧乏をつらぬいて、それで奥さんや子どもが栄養失調で病気になったって……」

著名なエピソードではある。藤村は自分の身のみならず家族の身を削り、書いた。大作を完成させるために孤高を守り、妻子にも貧窮を忍ばせた。

藤村の自伝的小説『家』には、ゆたかな娘時代をおくり高等教育もうけた若い妻が、誠実に夫の文学を支えた末に栄養失調で鳥目になり、父さん、私はもう目が見えなくなりました、と夫に叫ぶ悲痛な場面がある。たしかに女性を憤然とさせる。

また彼は、姪とのひそかな不倫を、小説『新生』にて告白した。娘の一生をだいなしにしたと、娘の父親である長兄の激怒をかった。

「私、そういうお話を聞いて、がっくり来ました。そんな人の書く小説が不朽の名作なのかって。今日のお話の永井荷風もそんな文学者なのかと思うと、私悲しくって。ちょっと暗いんです、ごめんなさい」

いえいえ、荷風は日常生活を楽しくすごすことの大切さと、それを支えるお金の価値を知っていた人です。なにしろ銀行家でもあったから、家計の計算にも明るい。

ご安心ください、と悲嘆にしずむ彼女をなぐさめつつ、なるほどいささか誤解はあるけれど、彼女の感じた小さな怒りというか悲しみは、日本近代の文学者のひとつの精神構造の要を突いていると、痛感した。

明治・大正に活躍した文学者は、士族の末裔が多い。つまり、武士は喰わねど高楊枝式の道徳観が染みつく。金銭についてこころを労するのを、卑しいと忌みきらう。

金銭のことに恬淡とし、物欲なく家庭の運営にもいっさい関わらない世俗の汚れのなさが、純なる〈文学者〉の一つの大きな証であったといえる。

もちろん異類の文学者もいる。前に述べた永井荷風などは明らかに異類だ。世の中の流れを経済が支えることをよく知っていた。

上質の孤独とは、あるていどの経済力で成り立つことを、自身にもっとも切実なテーマとして心得ていた。そして藤村とおなじく荷風も何としても、自身の文学を安易な商品としたくなかった。

荷風は清貧に耐えるのでなく、むしろ父の遺産を活用し、経済力で自分と自分の文学を守ることを選んだ。

荷風のこのような姿勢とはまた全く異なるけれど、折口信夫も金銭には決してうとくない。二人ともどこかに、ひどく冷徹な合理主義者の顔をもつ。損も得も知ったうえでの、文学への血しぶく情熱をもつ。

折口も荷風どうよう、精魂こめた己が作品を商品として売ることをつよく拒んだ。論考や歌作の著書を、一度として金銭の秤にかけたことはない。これが自分の人生の数少ない誇りの一つであると、彼は凜と述べている。

たしかに、大きなお金や財産には興味がなかった。そういうものに関心をしめす学者や文学者を軽蔑した。しかし折口の特徴は——小銭が大好きなことである。小銭の有難さを身に沁みて知っていたことである。

生涯、借家でかまわなかった。貯金がなくてもよかった。墓もいらないと言っていた。しかし小銭だけは常になくてはならなかった。なぜか。これなくしては、楽しく遊べないからである。遊びといっても、折口の遊びは実にささやかだ。芸妓を呼ぶなどという放蕩とは、もちろん無縁。食いしん坊ではあるけれど、洗練された美食ともこれまた無縁。

けれどある意味で、しんそこ遊びの好きな人とはこういう人を言うのかなあ、とも思う。折口の遊びには死ぬまで濃密に、子どもの純情、夢中になって日暮れまで遊びつづける子どもの無垢の歓喜がこびりつく。

といっても、町の子どものそれである。播州平野のいなかで生い育った柳田國男のように、鎮守の森でわんぱく仲間と飛びまわったり、野良犬となかよしになったり、いつまでも一人でぼうっと庭の木々の梢に飛来する野鳥の生態に見とれたり、というような自然の大きな懐にあやされ、抱かれる楽しさは知らない。

町のにぎわしさと仲がいい。小さな身体で空き地や裏庭、路地小路をはしこく行き来し、町のひみつを知っている。川べりのさもない芝居小屋にも、すうっと入りこむ。子どもだって、おあしを払えば見とがめられれば、慣れた手つきで見物料の小銭をさし出す。子どもだって、おあしを払えば立派なお客さんである。このルールをよく知る。

自分だけ楽しむのではない。この人は小さな頃からの性癖として、よい楽しいことには、友だちを誘う。楽しみを分かちあうことがまず、この人にとって大切な友情のきずななのだ。そしてごく自然に、誘った自分がおごる。

見世物小屋といっていいような場末の小芝居。寄席。そのあとの大福やぜんざいのおやつ。自分と友だちのための銭貨が、いつも頼もしく懐にちゃらちゃらと鳴っている。

小銭の源は、生家のくすりやに備えつけてある大きな銭函。古い商家のシンボルである。母や叔母たちが女手で切り回すとはいえ、小さくはない商売だった。くすりやに隣りあい雑貨も商い、毛糸や黒砂糖も売っていた。

朝から夕まで、銭函には銭貨が出し入れされ、独特の音が鳴り響いていた。その音がいやでも、自分が商家の子であることを思い知らせる。

小銭はありがたい。しかし一方でこれは、絶え間ない大きな失望である。もっと上品な家に生まれたかった。学者の家に生まれ、親にこまやかにしつけられて育ちたかった。貴種願望がきわめて強い。

祖父や父はたしかに医者である。本も大好きだ。叔母も女医をこころざした。学問を好む気風はある。けれどしょせん、町医者の家。しかもくすりやの方が繁盛し、まぎれもなく暮らしの中心である。

家が根を張る川沿いの町いったいが、大阪湾に着いた荷や近在の青物・魚を川を活用して売りさばく大きな市場に属する。まわりも商家ばかり。気風が荒い。稼ぐ人間が一番いばっている。

くすりやの店先にすわりこんでは、買い物のついでに話しこんでゆく女たち。上手に機嫌をとる母や叔母。家族でしんみりと話すひまなんかない。子どもの心の内側を、おとなが思いやり汲みとってやる習慣なんかない。いわば生まれっぱなし。

いやだなあ、荒々しいなあと、ひそかにため息づき哀しみ、育ったのだろう。生家のあるのは元々、大阪の海のまぢかの砂洲。いわば漁する人の本拠地である。

そこから離れ、坂をのぼると、内陸の丘陵にいたる。ここが山の手。その丘の頂にそびえ立つ四天王寺の隣の名門、天王寺中学校へ入学してからは、大阪の中心で大きな商いをするゆたかな家の同級生とも知りあう。

旦那衆として栄える大きなどっしりとした構えの家。商人にして、学問や芸能のパトロンでもある。名妓と品よく遊ぶ。家の主人も、能楽などを趣味とする。

おなじ商家といっても、世界がちがう。銭函に小銭がうすっぺらい音をたてて投げ入れられる自分の家の風景を、しみじみと情けなく口惜しく思ったこともあるにちがいない。

折口は中学を卒業するとき試験に落第し、留年した。折口自身の回想によれば、英語と幾何・三角・物理に欠点をとったという。

しかし、くすりやの会計をしばしば手伝っていた折口は、計算には長けていた。中学の友人によれば、商家の子と思われるのがいやで、わざと数字に弱いふりをしていた形跡があるという。屈折している。

天王寺中学校に入ってからの折口少年は、脱皮して大きく羽ばたくように前にもまして文学にのめりこみ、振武館という学校の講堂で自作の新体詩を朗読し、男子のあるべき姿を説く演説もおこない、学校の言論をさっそうとリードする中心的存在であった。

近所の男の子たちにばかにされ、女の子とばかり遊んでいたという幼い頃の内気がうそのようである。

多くのすぐれた少年が競う学校に入って、そこで居場所を見つけて、めざましく自己陶酔し、一皮むけたのだ。誰にでもそういう時期はある。それをうまく摑んだのだ。

猥雑な市場町で彼はひそかにひたすらに、「じやうひんで脆い心もち」「おちついた静かな心」（小説「口ぶえ」）にあこがれていた。聖なる丘の頂に立つ学校で、ようやくその世界の仲間入りをした。

彼の深く心酔していた同級生の辰馬桂二は、地元の名士として知られる大きな材木商の家に、大切な跡つぎの子として育った人だった。文武両道。つよく賢く大らかな、うつくしい面立ちの穏やかな人だった。

その人は、文学にはさして関心がない。しかしもちろん教養が深い。父の影響で能楽をたしなみ、歌舞伎も好きで、その面で折口と話が合った。文学に情熱はもたないけれど、文学にすぐれる同級生の折口に敬服していたと察せられる。

その敬意をうらぎりたくない。彼の想像する通りの自分でいたい。自意識の強烈な折口少年は、彼のためにもいっぱしの文学者のように懸命にふるまったのにちがいない。

文学者は数理にうとい。生来の数学嫌いをみずから助長し、わざと無頓着に数学の教科書を放り出し、落第の憂き目を見た。そんな事情だったのではないか。

その人も、親しい詩歌の友垣も、卒業して去った。文学者気どりで自身満々、少年たちの胸ぐらをつかむ烈しい口調で天下をおおう壮大な論を演説していた自分ひとり、一夜明ければ、教師に白い眼を向けられる落第生となり果てた。

物理や数学をわざとのように蹴飛ばした自分を、われながら恨めしく思っただろう。落第生――悪夢である。書物を愛する少年にとって、これはまさしく悪夢である。

＊

朝から晩まで小銭の鳴りとよむ我が家、とのちに折口、つまり釋迢空は詠んでいる。くすりやの古く大きな銭函は、もっと「じやうひん」な家に生まれたかった彼にとって、苦痛と恥の音である。

しかし一方で、母の乳汁のように汲めども尽きぬありがたい恩恵であった。中学生の頃から自由にそれをお小づかいとして使った。小銭さえあれば、町の世界の王者になれる。

折口は小さなときから芝居が好き。日常的に芝居を楽しむ習慣が、独創的な〈芸能史〉の開拓につながった。そしてそれを支えたのは、くすりやの銭函の小銭である。

彼は歌人としても実に稀有に、小さなお金のことをよく詠んだ。小銭を積極的に詩にした。感じやすい繊細な若い時期には、小銭のことは歌っていない。世界に対する筋力がつき、自分はそんなに壊れやすくもないぞとひらき直る、三十代からの壮年期に折口は、それまで秘め隠してきた小銭への愛を歌にしはじめる。

画期的な歌の主題だ。働けど楽にならない自分のふがいない手をじっと見つめる石川啄木の、近代の貨幣経済の流れの無情に嚙みつく歌とはまた別種の、銭くさい歌を折口は敢然と詠んだ。

小銭が生む、町に生きる楽しさ。小銭さえない情けなさ、口惜しさ。小銭が懐に鳴る安心感。小さな貨幣の音は、彼の子守唄だ。小銭の詩人——釋迢空のたいせつな一面である。

乾鮭のさがり　しみゝに暗き軒。銭よみわたし、大みそかなる
道を行くかひなたゆさも　こゝろよし。このわが金の　もちおもりはも
たなそこのにほひは、人に告げざらむ。金貨も　汗をかきにけるかな
——歌集『海やまのあひだ』より

両性具有の発見——鉄幹、晶子

二十二歳の鳳晶子が師の与謝野鉄幹の全面的な後援に支えられ、第一歌集『みだれ髪』を刊行した明治三十四（一九〇一）年八月、折口信夫は中学三年級の十四歳、夏休みのさ中だった。その頃はすでに兄の購入していた歌誌「明星」を読んでいたし、晶子はおなじ大阪の商家に育った人。あの老舗のお菓子屋のお嬢ちゃんが、と故郷の大阪では話題が沸騰していたはずだ。その夏休み、新刊本を迅速に揃えていることで知られる南本町の名書店、金尾文淵堂ですぐさま『みだれ髪』を買い、むさぼり読んでいたにちがいない。

「明星」の頭領の鉄幹がまず切りひらいたのは、愛国心が血しぶきを上げて燃える情熱的な男歌の系譜。師の言うことにひたすら従う古風な受け身の歌の道など蹴とばし、「宇宙自然の律呂」（「亡国の音」）を重んじ、国学の伝統を引く壮大な憂国を吐露する歌の口を、近代的に若々しく創出した。

大君の御民を死ににやる世なり他人のひきゐるいくさのなかへ

日の本に妻子（つまこ）をおきて国のため犠牲（にゑ）となりたる杉山書記生

——『鉄幹子』より

国学を学びはじめていた信夫少年は、幼時から七千首以上の歌を詠み、かつ古典の優美に絡めとられず、「小生の詩ハ、即ち小生の詩」「世の専門詩人の諸君とハ、大に反対の意見を抱き居る者」（明治二十九年『東西南北』自序）と宣言し、国を憂う詩として短歌をみなす鉄幹のたけ高い歌の調べにあこがれていた。

その鉄幹を盾として生まれ、世間を騒がせた晶子の『みだれ髪』。ハートに深々と愛の神キューピッドの矢の突き刺さる、装丁も異色のこの若い女性の歌集の第一ページをひらいた瞬間、十四歳の少年はあまりにも強烈な大輪の花の薫りにむせ、愕然としたのではなかろうか。

夜の帳（ちやう）にさゝめき尽きし星の今を下界の人の鬢のほつれよ

血ぞもゆるかさむひと夜の夢のやど春を行く人神おとしめな

——鳳晶子

「春罪もつ子」「少女ごころ」「黒髪のおごりの春」「紫の濃き虹」「夜の淡紅色」「くれなゐの薔薇のかさねの唇」「肌もゆる血」——絢爛な色彩の渦巻き、男に投げつけられる体熱あつい女ことばの花束、接吻や抱擁、閨（ねや）のイメージ。

鉄幹の「男子」としての壮烈な憂国の歌と、その愛弟にして情人の晶子の、牡丹が血を吐くような狂おしい紅い恋歌。

過剰・過激という点では、双方は相通ずる。しかし「男子」と「少女」。たけ高い男歌と、くねり誘う女歌。この対立する異質の流れを呑みこむ「明星」とは――？　中学三年級の信夫はとうぜん、大きく混乱したであろう。

与謝野鉄幹とは、その息子も回想するように、時代を鋭敏にとらえる偉大な企画者、編集者であった。自身の結社「明星」を、清新にセンセーショナルに世に押し出す術をこころえていた。

鉄幹とほぼ同時期に旧派の和歌の道の惰性と因循を撃ち、自己の肉体の目を重視して見たままをスケッチする〈写生〉を、近代の詩の真実として短歌に革命をもたらした正岡子規は、いわば冷静沈着な男歌の系譜の推進者である。

古典和歌にしめやかな霧のようにまつわる恋の情緒を無意味な虚として否定し、日常の描写を重んじた。明らかにこれは明治の女性には得意といえない、ジャーナリスティックな分野である。じっさい子規庵には、もっぱら男性同志が参集した。

つまり大きくまとめれば、〈男歌〉一本やりの子規の根岸短歌会の革新運動に対し、鉄幹の特色は、おおいに〈女歌〉の系譜も引き入れたことにある。

鉄幹は積極的に歌会への若い女性の参加を呼びかけた。鳳晶子や山川登美子を、二十世紀の新しい歌壇の星として売り出そうとした。自身は男性の情熱のシンボル。彼女たちは女性の情熱のシンボル。両者のあいだに架空の濃密なエロスを発生させ、「明星」に若い男女を引きつけた。するとここにしだいに興味深い化学変化がおきる。男歌と女歌がたがいに交合する。特に鉄幹が、晶子や登美子の優婉な女歌の色に染まる。妻となった晶子もまれに、鉄幹のたけ高き憂国の歌情に染まる。

晶子の場合はごくまれに、ここぞという時だけ詩の形で、己が志を男性的に開陳する。たとえば弟を思う姉ごころに託し、旅順開戦の国家的不利益を述べる長詩「君死にたまふこと勿れ」などが、その代表であろう。

比べると俄然、鉄幹の女歌への傾斜がきわだつ。彼は早く、晶子や登美子風の歌を詠んだ。

君なくば星の数にも成らん身の口紅さすよ芙蓉かざすよ
山百合の花つみためて花ごとに人の名書きて瀧に流す夕

――『鉄幹子』より

一見、夢みる優しい乙女ぶりの歌である。

このように鉄幹は、男と女のあいだを自在に行き来した。いわば両性具有者として詠んだ。近代の男性歌人として、注目すべき大きな特徴である。

少年の時は鮮明に気づかなかったかもしれないが、後に折口はその機微をするどく次のように指摘している。

「自分（筆者注・鉄幹をさす）は男性としての誇りに生きている。（中略）と言ったものを多く作っていた人なのである。其が次第に軟くなって来た。（中略）多くの女性の門人を指導した為、元の意気の子らしい方面が、磨滅して行ったのであろう」

――「女流短歌史」昭和二十一～二年より

憂国の壮烈な〈男子〉歌を出発点とした鉄幹が一方で、女歌にも傾く両性具有者であったことを指摘して卓越である。

近代において鉄幹のこの傾向はまことに稀有であるが、千年余りの歌の歴史をかえりみれば、両性具有は歌びとのごく自然の習性である。

男歌と女歌とを往還する鉄幹は、久しく切断されていた王朝和歌の両性具有性を、めざましく復活させたといえる。

この鉄幹の歴史性に、折口ほど鮮明に気づいた評論家はいないだろう。折口は少年の日に、鉄幹と晶子に出会った。大きな感銘を受けた。「明星」への入門を真剣に考えた。

その多感な日の感銘と刺激が、歌の歴史学者としての折口にゆたかな栄養をもたらした。彼は己が鍾愛する新古今和歌集の歌びとたちの上にも、いちじるしい両性具有性を先駆的に見出した。

大正六（一九一七）年に書いたすばらしい歌論「ちとりましと、」で折口は、中世の歌人たちが自由自在に男と女のあいだを行き来して、恋歌を深く艶に展開した特徴を指摘する。

つまり歌を文学として育てることにいたく自覚的であった新古今和歌集の文学者たちは、そのリーダーの後鳥羽院はじめ皆、男も女も争って「女流の閨怨（けいえん）」を詠み、文学としての洗練された恋歌を創出したのである。

論のなかで折口は特に言う――男たるもの、「たけのすぐれた男性的な歌口」も「女性的な忍びね」も、両様を巧みにあやつらねばならぬと。

この気づきは、折口のほとんどの歌論に通底する。歌の歴史を追う彼の目は早くするどく、日本文学史を根底から支える歌びとの自在な両性具有性をとらえている。それはすなわち、日本文学のゆたかな両性具有の発見である。

その発見には、同時代のきらめく星、めざましい短歌の革新者としての鉄幹の歌作が大きなヒントになっていたのではないだろうか。

＊

折口信夫は歌人・釋迢空としては結局、子規の根岸短歌会の流れをくむ「アララギ」に所属した。しかし元来が燃える情熱の人ゆえ、自然をそのまま素朴にスケッチする〈写生〉には苦慮した。

自身の本質がむしろ浪漫的な「明星」に共振するのを、みずから早くよく知っていた。隆盛期の「明星」を愛読していた中学時代の信夫少年の歌作には、晶子風のおとめの恋ごころを優美に詠むものが目だつ。

契りてし君まつひまの手すさびに門の柳も結びてしかな
寝かへりの額ほの白き旅の君枕屏風はなかく\にうし

片やもちろん、鉄幹風の「男の子」歌も詠んでいる。

世の人の栄よ誉よ何の名ぞ我が酒とりてわが酌まむ今
われをしてたけ男の心あらしめば風なぎ行かむみんなみの支那

中国大陸まで渡り、風雲をおこす猛々しい心よ、我にあれかしと願うこれらの歌などまさに、閔妃暗殺の国事にまで関わった『東西南北』時代の、鉄幹の国士調の歌の写しである。
じっさいは飲めなかったのに、憂国の悶えを吐きつつ大酒をあおる歌をよく詠むのも当時の鉄幹の癖であるが、歌そらごととはいえ、「我が酒」「わが酌まむ」などと詠む信夫少年は十六歳である。いかに鉄幹に心酔していたか、うかがえる。

歌の子としての折口信夫を発進させたのは、万葉集や王朝和歌に加え、古典和歌のますらをぶりとたわやめぶりとの交合の伝統を引き、それをより大胆に近代化しアレンジした「明星」の両性具有歌のエネルギーなのである。

そしてそれのみではない。彼の独創的な短歌史、つまり日本文学史にも、同時代の「明星」は大きな刺激をもたらしていよう。

歌の歴史家としての折口の大きな功績に、歌の柱として恋歌をすえ、さらにその柱の芯に、湿潤にして華麗な女歌の系譜を認めたことがある。

その代表作は、太平洋戦争直後に発表された「女流短歌史」(昭和二十一～二年)である。戦後の女性を知的に鼓舞し、もって短歌の民主性をおおいに喧伝しておく時代の必然性がつよく感じられるが、もちろん短歌史における男女平等などという単純な内容ではない。

まず歌が〈文学〉ではなく、神のことばとして神聖視されていた古代から話ははじまる。神のことば、呪語としての歌を支えていたのは巫女。ゆえに古代の呪的な歌のおもかげを長らくたゆたわせる「女歌」。

それに対し、しだいに文学として歌を意識し、苦心して新しい洗練と改良を加える知識人層の「男歌」。

この大きな二つの流れが歌の歴史にはあると、折口は着眼する。古い呪的な魂乞い歌、つまり恋歌がとくいなのは女。新しい自然描写や叙事がとくいなのは男。

ところで新古今和歌集のころになると特徴的に、「歌の上では、男の歌と女の歌とが入りまじる。すなわち男が女の恋歌を喰い、女が男の叙景歌を喰って、たがいに歌の血を新しくし、歌を〈文学〉にしてゆく。

たとえば女性の永福門院がやさしく柔らかな叙景歌にたくみであり、後鳥羽院や定家が「女房歌」の伝統を活用して優美な恋歌をひらいたことなどが、その一例である。

この女歌と男歌の複雑な葛藤と融合が、文学として歌を育てるつよいエネルギーであったと折口は考える。

この発想は早くには、王朝文学の担い手としての宮廷女房と、つづく次の中世にそのしごとを継いだ隠者との階級交代、男女の役割変換、すなわち日本文学史におけるユニークな両性具有の特質を説く名評論「女房文学から隠者文学へ」(昭和二年、『古代研究　国文学篇』所収)に若々しくあふれていた。

しかし古典をながく支えたこの両性具有の生命力は、折口自身の生きる近代においてほぼ死んでしまった。古典和歌の類型性や形式主義へのはげしい誹謗とともに、「女歌」の伝統も否定され、切断されてしまった。

夢の霧まとう虚の恋、しめやかな抒情、音楽的な意味のない純白のことばが、切って捨てられた。同時代人として折口は、歌の豊饒な領野を切って捨てるこの暴力に警鐘を鳴らす。

折口は昭和二十五（一九五〇）年の「女人短歌序説」にて、こう述べる――『明星』が百号で終って、やがて子規一門根岸派の時代となった。根岸派の後を襲ったアララギの盛時には、女性は無力なものとなった」。女流の歌は以後、「長い埋没の歴史」に入った。
さらに同年の歌論「女流の歌を閉塞したもの」においては、せっかく浪漫的な女歌の伝統を復活させた明星派のよさを殺してしまったのは、皮肉にもそのパトロンであった森鷗外であると指弾する。

「『明星』から『スバル』へかけての指導者であった鷗外が、晶子・鉄幹を心服させていたので、それ以上を出なかったのでありましょう。（中略）鷗外美学が結局、新詩社を壊滅させるに至ったのだとも言えます」

壊滅させた、とは烈しい言いよう。折口はことあるごとに森鷗外をきびしく批判するが、その一つの要因は、彼の学識を慕う華やかな天才歌人夫婦を鷗外が、その冷たい理論でまどわし、あたら花やかな晶子と鉄幹のもって生まれた血潮湧きたつ情熱を圧殺したことにあるのだと気づかせられる。
それほど折口は、情熱の擁護者である。近代短歌の稀有な情熱の砦、明星派の賛同者である。とくにその率い手の鉄幹を高く評価している。前述の「女人短歌序説」にはこうある。

「明治になって与謝野鉄幹の運動が、偶然、日本の古くからの精神伝統と西洋の文学とを結びつけて、男にも、女にも、其々把握すべき文学のあることを自覚させようとした。新詩社にはろまんちっくな歌があふれ、鉄幹を中心とする女流歌人の時代となった。全体からみれば新詩社の時代は女の時代であったといってもよかった」

多感な少年の日に、天の星がまたたき地に牡丹が咲き湧くような鉄幹の、晶子の情熱の歌境の出現に、小さな胸をとどろかせた折口の感激がただようくだりである。

折口は一方では〈黒衣の旅びと〉と評される幽暗な歌の領域をひらいた歌人であるが、それがたった一つの彼の本質ではない。

歌については歴史学者でもあるゆえに、その実作も知見とあいまって複雑に曲折するが、折口の詩や小説、戯曲をみればわかる。創作者としての彼は、涙と情熱を愛する派手なはなやかな浪漫の人である。

自作『死者の書』の妙なるヒロインは自身であると告白することにも顕著なように、ときに女性の恋の嘆きに妖しく乗り移る、両性具有者でもある。

日本の恋歌。その変身性、両性具有性。そこから折口は誰よりもゆたかに学んだ。恋多き人として日本の恋歌の伝統を、じっさいに身をもって痛切に生きた。その実感を胸に、男歌と女歌とが、文学と非文学としてたがいに絡みあい交わる、日本文学史の両性具有性を見出した。あらためて折口信夫とは——真正の歌の子なのである。

大いなる城門——森鷗外

反感を燃やして、しかしいつもその人のことが気になって、想っている。ぶつかっていっては曲がりくねる複雑で強烈な意識を、彼は青年期から老年期までその人に抱きつづけた。

日本近代文学史を考えるときには、やはりその人について多く語り、その人を中心の大きな柱の一つに据えずにはいられなかった。

会ったことはない。その人は綺羅星のような時代の若い才能に囲まれ、彼らに崇拝されていた。かと思うと、蛇蝎のようにその人を憎むある種の人々もいた。

いずれにしろ、その人に会って話すことが可能な人脈も、またそれにふさわしい格も、若い頃の彼は持たなかった。

歌人として、また個性的な古代学者として彼がいささか世に知られるほどになった時、二十五歳年長のその人は老いて病み、死んだ。

その人とは、森鷗外。彼とはもちろん、折口信夫である。折口信夫の青少年期にわたり、森鷗外は文学芸術界にそびえる大いなる城門でありつづけた。理想の知の巨人として立ちつづけた。

世に鳴る名翻訳『即興詩人』の連載が開始されたのが、明治二十五（一八九二）年。鷗外は三十歳。折口は五歳。

イタリアの美酒に酔いつつ、色あざやかな異郷の風物を鷗外が高らかに歌うような名調子で訳す、孤児の詩人の悲恋と成長のこの物語は、西欧の薫りに餓える明治の若い読書子を熱狂させた。のちに世に立つ文学者たちはみな、『即興詩人』の名場面をそらんじるほど愛読している。自分たちの文章のゆたかな滋養としている。

その第一人は、鷗外の十七歳年下の永井荷風であろう。荷風はその処女小説『地獄の花』を明治三十五（一九〇二）年に出版したとき、偶然に劇場で鷗外に紹介され、『地獄の花』を鷗外にほめられ、あまりの嬉しさに足がふわふわ宙に舞い、どうやってその晩、家にたどりついたかわからない絶大な感激をあじわった。

鷗外も、西欧の知にも東洋の知にもあついこの新しい才能を愛し、庇護した。フランス遊学から帰朝したものの、無職で形のつかなかった荷風を慶応義塾大学教授に招き、「三田文学」を預けたのは、鷗外である。

鷗外の人と作品への思慕は、荷風の生涯をつらぬく。荷風の最晩年、七十八歳の十二月二十四日、聖夜の日記には「夜即興詩人読了」と記される。

すでに青春の日から、繰り返し手にしているはずの愛読書である。死を意識しての、メモリアル・リーディングであろうか。

これはほんの一例。泉鏡花も、『即興詩人』に夢中だった。青年時代に読んで、純な若い詩人と、尼僧になることを運命づけられている貴族の姫君とのプラトニック・ラブにとくに感動した。鏡花の自伝的要素の混じる「一之巻」より「誓之巻」にいたる一連の初期小説には、十九歳のときから愛読した『即興詩人』の、孤児の詩人と高貴な姫との純愛の影が映る。

そして――折口の師の柳田國男は、じっさいの鷗外に近しく親しい人だった。上京した國男は、兄の井上通泰の縁で、鷗外に可愛がられた。

通泰は鷗外の歌友だった。國男も、鷗外の主宰する「しがらみ草紙」に和歌を発表した。鷗外宅に行くと、しっかり者で学問好きの鷗外の母が、必ずお菓子でもてなしてくれるのが嬉しいほどの自分は子どもであったと、柳田は回想している。

柳田はとくに明治二十六（一八九三）年頃から、鷗外が小倉に赴任する同三十二（一八九九）年頃まで、近しく鷗外の薫陶をうけた。

鷗外の方でも、日本の農村の歴史に目を向けて未来をひらく志をもつ、西欧の知にも東洋の知にも明るいこの気鋭の学者にして抒情詩人に、とくべつな期待をかけていたことだろう。

柳田は明治四十二（一九〇九）年に自費出版した、宮崎県椎葉村に伝承される狩猟の民俗にかんする記録書『後狩詞記（のちのかりことばのき）』を、鷗外に献呈している。このことは鷗外の日記に出てくる。

翌年にやはり自費出版した『遠野物語』も、こちらは記録がないが、もちろん柳田は敬愛する最高の知の巨人、鷗外にまっさきに献呈したであろう。

柳田のひらいた民俗学の一つのおおきな領野に、それまで子どものためのホラ話として軽んじられてきた昔話を、古代人の生活信仰のおもかげを伝える文字記録外のたいせつな歴史資料として重視し、研究対象とする姿勢がある。

この志は早くに語学にすぐれた柳田が、原書にてハイネやフレイザー、バーンなど西欧に萌え出た新しい民俗学の動向をつかんでいたことが礎となるが、上田敏や鷗外の、昔話・伝説にそそぐ愛情深いまなざしも鋭い刺激となっている。

大正四（一九一五）年。五十三歳の鷗外は「山椒大夫」を発表し、歴史を知る資料には伝説も重要な位置を占めることを、世に問うた。

「山椒大夫」に大いに啓発され、柳田は鷗外とはまた全く異なる角度で、中世に流行したこの説教文学をよみとく。鷗外につづいて直ちに「山荘太夫考」を書く。

物語「山荘太夫」を語ったのは誰か。それはサンショ、すなわち暦を予知する算所。あるいは出産にさいして魔を祓う産所の人々。神と呪術にかかわる神人だと柳田は推測する。

かくて柳田は「山荘太夫」から、近代以前の日本文学を長く深く支えてきた無名の〈語り手〉たちの存在を引っぱり出す。

本に書かれて目で読む文学ではなく、口で語られ耳で聞いて伝えられる文学。それこそ日本文学史の主流であると説く。文学史をダイナミックに塗りかえる。

ここまで述べてきて、やはり奇異な感じに襲われる。

柳田は、折口の生涯の師。泉鏡花は、折口が少年時代から愛読する作家である。そして柳田と鏡花は、若いころからの友人どうしである。たがいに刺激を受け合った。

その両者が深く敬した森鷗外。律儀な折口としては、師の師にあたるような人物として、満腔の敬意をささげる方が自然である。

また、折口の身辺にはいま一人、鷗外と深い関わりをもつ人物がいる。伊庭孝。天王寺中学校で折口が卒業を目前に留年したさい、同級生となった少年である。

伊庭孝は、五稜郭まで土方歳三らとともに官軍にあらがい戦いぬいた勇猛の天才剣士、伊庭八郎の甥に当たる。八郎の弟である養父の伊庭想太郎が明治三十四（一九〇一）年、政治家の星亨を暗殺し監獄へ入ったことを契機に、孝は大阪へ来た。天王寺中学校へ中途入学した。

頭脳明晰の美少年だった。剣の家の反骨の血は脈々とこの少年に伝わり、中学校でもすさまじく「生意気」だった（折口の回想「幼稚な思い出——伊庭さんのこと」による）。

天王寺中学校は軍国主義の気風のもとに創立されたが、生徒の自主活動には寛容だった。伊庭孝は折口とともに積極果敢に校内の演壇に立って論じ、二人が中学の言論をリードした。

伊庭孝は同志社大学神学部に入ったが、中途で退学し、森鷗外と小山内薫らのひきいる演劇界の革命に身を投じた。国学院大学に学ぶ折口は、この頃の伊庭孝と親交をあたためている。

伊庭孝のその後の快進撃はめざましい。明治四十二（一九〇九）年十一月に有楽座の自由劇場

第一回公演で鷗外訳『ジョン・ガブリエル・ボルクマン』が上演されて以来、鷗外の訳する翻訳劇が新劇運動をささえる大きな柱となった。

伊庭は鷗外の知遇を得、俳優として新劇界で華やかに活動した。グノー作のオペラ『ファウスト』の魅惑的な魔、メフィストフェレスを演じ、大当たりした。多才な孝はのちに音楽活動も展開し、日本にオペラやミュージカルを導入する先駆者となる。

身近にかくも親しく、鷗外の知をゆたかに浴びた三人がいたのである。にも拘わらず折口は、二十代のときから鷗外に反感と批判をいだきつづける。そしてそれを積極的に文芸評論などに表わした。なぜだろう。


鷗外に関する折口の言及は、意外なほど多い。若いときほど反感が烈しい。

たとえば大正三（一九一四）年三月に大阪の「日刊不二」新聞に発表した、鷗外の新作歴史小説「堺事件」についての文芸時評。大家に対し、全体に辛口である。

「歴史と歴史小説とは極致において一つでなければならぬ」との自己の信念をかかげた上で、「鷗外氏も亦この考によって労作しているのかと思ったのは間違であった」と指弾する。

鷗外の説く「事実」には、鷗外の主観がかなり入る。それでは従来の「科学的歴史の叙述」のウソとさしたる違いはない、進展がないと批判する。

論ずる折口は二十七歳。大阪の中学教師の職を辞し、なんの当てもなく上京することを決意した混迷の底辺に立つ時。大きくそびえる権威に噛みつく気概に燃える、若さの盛りでもあった。無名。無職。しかしすでに日本文学史の闇に埋もれる〈語部〉たちを発掘することを構想していた。学問の別形式としての、創作があっていいと考えていた。歴史研究の成果を、小説や戯曲の形で問うしごとに手をつけていた。

窮鼠猫を噛む、ではないけれど、大いなる城門・鷗外に挑むちっぽけな無名の身の丈に、むしろ折口は胸はる誇りをもっていたはずである。青春の折口はとくに、そういう人だ。

大学時代から折口は、学問と創作がたがいに求めあい一体化する、そんな白道をあるきたいと願っていた。孤独な道だ。

その道をはるか先に見出して、孤独にあるく巨人がいる。鷗外だ。その稀有な人・鷗外がときに文学や芸術を〈あそび〉とうそぶき、実学の下におくような高踏的姿勢をよそおうのが、若くまっすぐな折口には許せなかったのだろう。

田山花袋や岩野泡鳴が迷い苦悶し、日本のこれからの小説の〈自然〉〈描写〉を考え実験し、結果的にぶざまな失敗作を生むようすを、冷笑してすうっと通り過ぎる完成形の鷗外を、若い折口は否定せざるをえなかった。そうしたこもごもの苦い思いをまじえ、第一公刊歌集『海やまのあひだ』(大正十四・一九二五年)を世に出した三十八歳の折口は、歌集の後記の冒頭にまず、鷗外を引き合いに出してこう述べる。

「鷗外博士の最後の文集は、確か「蛙」と言うた様に思う。長い愛著をふりきって、学問に立ち戻ろうと言った語気を、その序文に見出して、寂しまずには居られなかった。（中略）私なども、蛙は蛙である。其も、ほんのはかない、枝蛙である」

「鷗外博士は、「蛙」一部を以て、その両棲生活のとじめとして、文壇から韜晦した。愚かな枝蛙は、最後の目を見つめるまで、往生ぎわのわるい妄執に、ひきずられて行くことかも知れない」

『蛙』は、大正三年、鷗外が五十二歳のときに出した訳文集。この後記で鷗外は、「わたくしは老いた。翻訳文芸を提げて人に見ゆるも恐らくは此書を以て終とするであろう」と、読者に別れに似たあいさつを送る。

鷗外のこの弱気にみせた「大家」風が、折口はそうとう気に入らなかったのか。歌集と翻訳文学集。関係もなさそうなのに、大いに嚙みつく。

両棲類の蛙は、学問と創作の両道をゆく鷗外と自身の喩えである。鷗外はその分野での大蛙。自身はみじめな枝蛙。でも、鷗外は創作をすぐ手放そうとする。自分は小ながら、あきらめない。歌と学問の二つの道をゆく折口はなんと、鷗外と自分を同種の詩人学者として意識しているのだ。偉大な先行者として、反感をいだきつつ鷗外を強烈に追っているのだ。

鷗外には、歌人として折口は大きな不満をもつ。理知を誇り、鷗外は「明星」のすばらしい情熱の歌脈をほろぼした。とくに王朝に栄えて以来、男尊女卑的風土において絶滅した抒情的で艶やかな〈女歌〉の系譜が、与謝野晶子の天才によってよみがえった。それを鷗外がふたたび殺したと折口はみなす。

鉄幹と晶子は、鷗外が自邸でひらいた「観潮楼歌会」をきっかけに、鷗外の知と学識に魅惑された。二人はあたら天才的な情熱の詩を捨て、鷗外の唱える思想性を盛る歌をえらんだ。

理知理論にすぐれた指導者が、皮肉にも自分より実作にすぐれた天才をほろぼす非を、折口はその歌論の中でかさねて烈しく言いつのる。天才の純な情熱と、鷗外の全能的な知。もちろん折口が文学者の価値として選ぶのは、前者である。

しかし一方、折口自身が老いるにつれ、孤高の批評家として近代の文壇を大きくひきいた鷗外への評価と理解は深まる。

戦後の昭和二十二（一九四七）年に折口は画期的に、近代文学の講義を一年間、慶応義塾大学でおこなった。

従来の折口は、近代文学を〈史〉として扱うことは、まだできないと考えていた。太平洋戦争で日本が初めて敗れた国となり、それ以前の近代が〈歴史〉となった。

自分が読者としてリアルに関わった実感の、いきいきと躍る文学史かつ文学論の講義となった。その中でもめだつほど、鷗外を重く取り上げる。

折口いわく、鷗外は「英・独・仏」の思想と文化を先駆的にゆたかに受けた人として、日本にかつてない「文壇」を作り、種々の文芸雑誌を創刊し、批評の場をつくった。「文学と美学とにわた」る広い視野をそなえた批評家として獅子奮迅の働きをなし、己が批評を創作で実践した。折口は、鷗外の画期的な新しさを指摘する。

かつて芥川龍之介は「鷗外の幽霊」にとりつかれて心弱まり自死したのだと、鷗外文学の「生活欲」のなさを非難したのが嘘のようだ。

とはいえ総じて折口が実作の方面で評価するのは、『舞姫』や『即興詩人』、「文づかひ」など三十代前半の鷗外の、西欧の薫りを若々しく日本の風土に移し植えた作品に集中する。

というのもこの後、鷗外は文学を捨てようとしたという印象が折口にあったからだろう。まだ十二歳の少年ながら、折口は読者としてよく覚えているという。明治三十二（一八九九）年、三十七歳の鷗外は、陸軍軍医監として小倉に赴任した。そのときの作品には濃厚に、文学に訣別する決意がただよっていた。少年の読者にもそれがわかった。

折口の記憶では、鷗外は二度、文学に訣別を告げた。このときが一度め。くだんの『蛙』を出したときが二度め。

先を行く大いなる詩人学者の鷗外が、軍の高官に上るにつれ、文学を手放そうとする迷いをもつことが、若い折口には俗臭として許せなかったのだろう。

しかし折口も老い、つねに軍の上層部から「文学を去れ」との圧迫を受け、耐えつづけた鷗外を理解するにいたった。耐えつづけて遂に文学から離れなかった鷗外に、おなじ文学者として深い哀切の思いをいだいた。

しかし決して解けない鷗外へのしこりは、この晩年の「近代文学論」の講義録にもわだかまり、露呈する。それは鷗外の『キタ・セクスアリス』への抗議である。

『キタ・セクスアリス』は、鷗外が明治四十二年、四十七歳で発表した自伝的小説。自身の春のめざめを振り返る。そのすこし前に話題騒然となった、田山花袋の告白性愛小説『蒲団』の向こうを張り、こんなものなら自分も書けると鷗外が書いてみせたもの。発禁の栄誉にも浴した。

しかし折口にはひどく手ぬるい作品と思えた。「近代文学論」の鷗外のくだりの最後で、折口は執拗にあれは否、ぜったい否とつよく言う。


「あの程度なら、鷗外が書くことはない。もっと正直に暴露せねば、鷗外の目的は達せられない。書き洩らしているというところを、しきりに感ぜさせられる。鷗外ほどの人が、書くならば……」


子どもの頃は西欧の薫り高い鷗外の名訳にあこがれ、そらんずるほどであった折口が、鷗外の大家ぶりを憎しと思い、反感をいだくきっかけとなったのは、『キタ・セクスアリス』なのだ。

大家が性を告白した、とこの小説が世をさわがせた時、折口は二十二歳の大学生。中学時代にひきつづき、自身の内奥を暴力的にゆさぶる春のめざめの嵐と孤独に戦っていた。

ゆえに岩野泡鳴の、原始の愛と肉欲の力を説く一連の生命哲学に魅せられていた。そうした赤裸の愛の道に進むか、禁欲の道を行くか、混乱していた。

『キタ・セクスアリス』の鷗外を映す主人公は、難なく春のめざめの洗礼を受け、おとなになる通過儀礼としての初体験を経、学生から社会人となる。世間は騒ぐけれど、人間にとって性なんてこんなものさ、と澄ます鷗外の戦略的な冷静な筆致が特徴だ。

そんな取り澄ました綺麗なものでなんかあるもんか、と性の悩みの嵐の中にいる折口青年は、ひとり憤慨していたにちがいない。

ようし、自分はすべてを曝けだし、もうひとつの〈キタ・セクスアリス〉を書いてみせる。その決意のもとに生まれたのが、折口の自伝的な少年愛小説「口ぶえ」（大正三・一九一四年）だったのだと今にしてわかる。

それならば、折口がつづけて若い筆をふるった異色の中世小説「身毒丸」（大正六・一九一七年）は、もうひとつの折口流の「山椒大夫」であったのにちがいない。

「身毒丸」は、旅する芸能一座に光を当て、座の花形の美少年・身毒丸にそそぐ師の、父性愛とも同性愛ともつかぬ哀しい濃い想いをものがたる。

小説の末尾に、折口自身がこの中世小説に籠めた意図を明かす「付言」がある。それによると、これは自身の伝説研究のひとつの表現だという。

自分は「歴史と伝説との間」を区分できない。歴史は伝説であり、伝説は歴史である。その関係性を、小説か戯曲のかたちで書きたかったと明かす。

まさに詩人学者のしごとだ。折口が「身毒丸」で書いたのは、河内に濃くもやう俊徳丸伝説が誰によって語られていたのかという、物語と語り手をめぐる日本文学史の「原始」の風景だ。

鷗外はその二年前、中世の語り物の「山椒大夫」を、労働争議かまびすしい大正の世相のただ中に持ち運び、合理化した。奴隷解放のハッピーエンドとした。労働にたいして十分な報酬の支払われるべきことを、近代産業社会への教訓にかさねた。

それに対し、自分は逆をこころみた。俊徳丸伝説が、誰にどのように語られ、旅していたか。その「原始」の記憶へとさかのぼった。日本文学の根底に迫った——三十歳の折口は、はるか遠い高みの鷗外を見すえ、ひそかに対抗心を燃やしていたのだ。

明治・大正にわたり、全能の批評家として文壇をリードしつづけた、大鷗外。

鷗外と折口は世代も隔たる。文学史で二人が並べられることは全くない。しかし実は学と創作の両道をゆく折口の視界には、鷗外が大きくそびえ立っていた。

鷗外はときに先駆者であり、ときに仮想敵だった。反感は、闘志につながる。仮想敵は、自身の進むべき道をあざやかに照らす。

この意味で鷗外は、若く無名の折口の創作欲を熾烈にかきたて、長く支えた、時代の大いなる火熱であったといえる。

愛の悲痛を生きる――岩野泡鳴

「故人岩野泡鳴が『悲痛の哲理』を書いたと前後して、『背教者じゅりあの――神々の死』が、初めて翻訳せられた。此二つの書き物の私に与えた感激は、人に伝えることが出来ないほどである」

――「寿詞(よごと)をたてまつる心々」昭和十三年より

明治三十八（一九〇五）年から明治四十三（一九一〇）年まで。二十世紀のはじまりを迎える首都東京で、折口信夫は多感な大学時代をすごした。

家と故郷からはなれての初めての一人暮らしだった。東京にさしたる知り合いもいない。心細い。さみしい。

それだけに異郷での見聞のさまざまが身に染みた。とくに彼が身を置いた五年間の首都は、日清・日露戦争をへて生活苦にあえぐ市民が官にたてつく、革命と反逆の気運の燃えさかる激動期である。

ちなみに彼が国学院大学へ入学するためひとり上京した日は、日露戦争の講和条約の不利に市民が怒り、調印反対ののろしをかかげて日比谷公会堂に結集し、それが妨げられるや暴徒と化し、多数の交番、新聞社、電車を襲った「日比谷焼き打ち」騒動のさ中である。

動乱がそのまま、革命に移行することが恐れられていた。当時、ロシアや中国では革命が進行していた。

日本が近代国家となって初めての戒厳令が東京市にしかれた。そのあいだも全国から次々と、講和反対の有志が東京にやって来ていた。殺気立つ新橋停車場のプラットフォームに、大阪の十八歳も降り立ったのだ。すさまじい夏の暑さの盛りだった。

以降しばらく、短く烈しい革命期がおとずれる。政治、宗教、文学芸術に生きる若い世代は手をたずさえ、老いた明治社会をゆさぶった。因習から脱し、常識を破り、上下も男女もないフラットな社会を創ることを夢みた。

平塚らいてうらによる女権運動が萌えたのも、この頃である。堺利彦らが「平民社」を創立し、非戦と労働者の権利を唱えたのもこの時だ。

老いた社会に走る亀裂を、大学生の折口は首都でまざまざと体感した。彼の〈古代研究〉の烈しい革命精神の一面は、まちがいなくここに深い根をもつ。

とくに注目したいのは、若い彼がそのとき激震する東京で、異色の奔放で荒々しい華麗な詩人学者に出会っていることである。

その人は詩を書き、詩を論ずる。キリスト教の学校でおさない頃から学び、一度はこれに帰依しながら、なやんで捨てた。比叡山で天台宗を学び、京都で禅を学んだ。英語、ドイツ語、梵語、ギリシャ語を知る。宣教師を手つだい、讃美歌を翻訳した。現在の讃美歌の訳語の礎はこの人がつくった。

詩劇も書く。小説も書く。ダイナミックな評論、文学史をものする。多面の活躍であるが、この人の中でそれらは完璧に一体である。安泰と固定を意志的に捨て、一瞬一瞬古い皮をぬぎすてて新しく鮮やかに生きることのために、彼のすべてのことばはある。

ぶきようで誠実で、めざましく新しい人。島崎藤村より一つ上。大学生の信夫の十四歳年長。その人の名は、岩野泡鳴。おそらくこの泡鳴こそ、愛と欲望に正直に立ちむかい、自分のからだと心のすべてをひらいて感じ思考し、自らいたましく傷ついてことばを創る理想の詩人学者として折口を魅惑した、特別な存在である。

信夫の大学時代は、運命的に泡鳴の男ざかり。もっとも過激に大胆な論や論を裏打ちする小説を次々に発表した時期にあたる。熱風の塊のような泡鳴であった。

泡鳴の故郷は淡路。少年期は大阪のキリスト教の泰西学院で学んだ。その縁か、彼の初期詩集は、信夫のなじみの大阪の金尾文淵堂から出ている。もちろん信夫は中学時代から、泡鳴の詩は読んでいたはずだ。

しかしなんといっても三十代。泡鳴は首都で荒獅子のように暴れる。明治三十六（一九〇三）年、「明星」に対抗する詩歌雑誌「白百合」をつくった。三十七年、詩集『夕潮』刊行。三十八年、詩集『悲恋悲歌』刊行。詩劇「海堡技師」発表。

とりわけ明治三十九（一九〇六）年、藤村の『破戒』や、漱石の『草枕』などと同時に出た彼の評論『神秘的半獣主義』は、世をさわがせた。

古い道徳にしばられるな、瞬間を感じて生きよとする泡鳴の若い読者への呼びかけを、危険視した宗教家や道徳家も少なくなかった。『神秘的半獣主義』が出たとき、金光教会機関誌は「岩野泡鳴を焼き殺せ」と檄を飛ばしたという。

師弟も一歩学校を出れば平等だと論中に書いたために、泡鳴は当時つとめていた学校教師の職を失った。

その『神秘的半獣主義』こそ、泡鳴の傷おおい青春の成果。そして彼の生活思想のすべての結晶。十九歳の孤独な学生の信夫は、この破壊と新生の力みなぎる論に魅惑された。のちの〈古代研究〉には点々と、その鮮烈な飛沫をみることができる。

『神秘的半獣主義』のなにが、折口信夫をそう引きつけたのか。常識と道徳への反逆。なによりも、手垢のついた愛の常識への反逆である。

プラトンに触れ、メーテルリンクとエメルソン、スウェーデンボルグの神秘主義を紹介し、世界人のこころの内奥の神秘世界に分け入るこの壮大な評論の核になるのは、血のにじむ生々しい泡鳴自身の悲痛な愛の体験だ。『神秘的半獣主義』は、個性的な愛と肉欲をめぐる論だ。

　仙台の神学校ですごした青春の孤独がまず論中に、うつくしく薫る。若き泡鳴がよくさまよった青葉城の背後の沈黙の森。そこにかそけく響く小川のせせらぎの音が印象的だ。

　そこで泡鳴は死のうとした。森の奥の崖から身をひるがえし、墜死しようとした。その時、せせらぎの音に目を覚まされた。崖をすべり落ち、水のほとりに立った。てのひらで流水をすくい、飲んだ。

　青春の奇跡がおきた。苦しみを投げ出すまい、汚れて悶えて生きてみようと、生への欲がからだを突き上げた。泡鳴は回想する。


「矢張り仙台に居た時の経験であるが、僕は自殺しようと思ったことが二三度ある。（中略）かの青葉城のうしろにある、政宗の立退路と云われる谷へ、化石を拾いに行った。（中略）ここで、あやしな死に神がつきかけたのだろう、高いところからこの谷底に身を投げて、死んでしまおうと決心した」

「今や身は幾仞の空中に気魂を奪われようとしたとたんに、幽かに僕の心耳に響く声があった。（中略）それは細い流れの潺々たる響きであった。何だか、自分は夢を見て居た様な気がしたが、その谷川へ真直ぐにいばら、茅の根などを辿って下りて行って、清い水を一口飲んだ時は嬉しいやら、悲しいやら、兎に角一生の渇を癒した気持ちがした。この時から、僕は生命を重んずる心が起こったのである」

このくだりの悲壮な輝きに、十九歳の折口は目を吸いよせられたはず。ああ、ここに自分とよく似た人がいる、と胸ときめかせたはずである。

のちに二十代にいたった時、随筆「零時日記」で折口は、中学時代に死への誘惑に憑かれていたことを告白する。じっさいに数度、自死をこころみた体験を語る。

とりわけ高い崖から身をおどらせる墜死に執着していた。察するにこれは、少年期の性欲の一種の変奏でもあろう。

懊悩にもだえて奈良の室生寺の崖から身を投げ、血にまみれて生還した国学者・契沖の若き日のすがたを慕い、おなじように室生寺の崖の絶壁に立ちすくんだこともある。

親友の月照の助命嘆願に失敗し、それならばと友愛のために月照と相抱き、南海の怒濤のただなかに身を投げた西郷の青春のエピソードに、折口は満腔よりの敬意をささげていた（岡野弘彦『折口信夫伝』の回想による）。

死ねなかった、しかし死に面するまで苦しみ悶えて生にもどった文学者に、しばしば折口は深い関心と共感をもつ。

泡鳴もまさに墜死から生還した。せせらぎの清音が彼をよみがえらせた。以降、泡鳴にとって水はいのちの象徴となる。

北国の森の中で彼に、すべての生命体を流れる水として捉えるイメージがもたらされた。
そうした泡鳴の生命観は、仙台時代に毎日むさぼり読んだ神秘家のエメルソンの著作についての感激を、流れ渦まく水にたとえていることにもよくうかがわれる。やはり『神秘的半獣主義』にこうある。

「その文体をたとえて云えば、一条の水の流れが涓々として走り来って、湾曲また湾曲、渦を巻いてみどりの淵になると、堤上に生えて居る灌木の影を浸して、その深い穏かな水面がまま破れて、大きな魚が躍如として跳ね飛ぶことがあるのに似て居る」

水流は一瞬一瞬のいのちの変形。水に宇宙の万物はやしなわれる。もちろん人間も水から生まれたもの。この源をみつめて固定概念を払い、一瞬一瞬の変形としての自己存在を思い描いてみよ。すると人の生はすばらしく自由に奔放に流れ出す。
泡鳴は説く――「われなるものは、宇宙という大空明を遊動して居るので、宇宙その物にもなるし、また憚るところがないので、勝手次第に変形する」「万物はすべて循環して居る」。
人のいのちの原形を語り、魅力的だ。壮大だ。泡鳴の目は、万物の生命がまわり廻って生滅する無限の宇宙空間を視ている。ここにはキリスト教や天台宗の素養がおおきく働く。
その大宇宙のなかの生命体――人間。宇宙の時間からながめれば、我々が人間であることはほんの一瞬の仮のすがた。いのちは「流転」し「変形」し「転換」し「めぐり廻」る。その巨視的ないのちの流れから言えば、人間は次の瞬間、石でも鉄でも木もある。したがって「僕等」には人間としての優位性はない。一方、僕等をいましめる善悪もない。救いもない。僕らは流転しつつ「刹那」を生きるのみ、「盲動」するのみ。

ゆえに生とは虚しい。恐ろしい。生は「無目的」で「残酷」だ。そう泡鳴は言う。しかしここに唯一、「刹那」をゆたかに生きる知の光がある。その光とは、愛だ。愛すれば、慕い慕われれば、人は自身が能動的な男でもあり、受動的な女でもあることを知る。性差など、仮のレッテルにすぎぬことを知る。

愛すれば、自然に肉欲が心身をつらぬく。それで当然だ。人はおのれが獣でもあったことを知る。人か獣か、分かちがたい歓びに酔い、相擁きあう。その「絶頂」の至福は……！

そして愛とはもちろん、肉欲をも含む。肉欲の悶えなくしてどうして愛が、人間をつよく動かし、いのちの源へ誘うであろうか。泡鳴の愛の論は、肉欲を特徴的に肯定する。


中学時代から折口は、愛と肉欲をめぐってなやんでいた。天王寺中学校の同級生、辰馬桂二をひそかに愛していた。おさない片恋ゆえに想いは内攻し、辰馬桂二は生涯わすれえぬ面影の人として心にながく揺曳した。

この片恋にはそして辛くせつなく、春のめざめの肉欲が絡む。少年のからだの変わり目でもあった。異常な発汗と頭がのぼせる熱。心臓の鼓動。からだの内奥から突き上げる疼きや痙攣。信夫少年はからだに起こる異常をだれにも言えず、地面に犬のようにからだをこすりつけたい衝動を耐えた。

少年期の肉欲の嵐とそれへの罪意識は、自身の中学時代をほぼ等身大に映す自伝的小説「口ぶえ」（大正三年）の核心的テーマだ。

仏教もキリスト教も心身の清らかさをおもんずる。精神的愛をうやまう。世間の常識も肉欲を卑しいものとする。

泡鳴の愛の論『神秘的半獣主義』はそこに大きく嚙みつく。知の力としての愛に、もちろん肉欲は不可欠だと説く。肉欲を無視する愛恋など嘘、うすっぺらな偽物であると断言する。

泡鳴は愛にともなう凄まじい肉欲を肯定するものとして、古事記の神々の物語に親炙する。愛恋の自由奔放の許容において、少年期よりなじみ洗礼まで受けたキリスト教、そして仏教を手からはなし、日本古代の神々を仰ぐ。

折口は前述「口ぶえ」にはじまり、一連の古代研究の論考において、日本の古代の神の神性のあかしを愛欲の肯定、すなわち〈いろごのみ〉に見出す。そのユニークな古代への通路は、泡鳴が早く十九歳の信夫のこころに示しておいたものにちがいない。

泡鳴において愛は徹底的に純なものだ。世間の道徳とは無縁。愛は決して結婚や種の保存を目的としないと、泡鳴は説く。

同性への想いを烈しく内攻させ、肉欲と戦う若い折口にとって、愛の刹那の純を高らかに歌う次のような泡鳴のことばは、混迷の行く手を照らす輝かしい紅いたいまつ、秘かな理想になったであろう。

「恋愛の極度は抱擁である」

「恋は丁度闇の中に一つの光が現われた様なもので」「この刹那に『一つの霊が一つの霊を接吻する』」

「僕等の恋は実に最も悲痛なものである。僕等の霊はよく之を知って居るので、この一刹那を争って、胸中の情熱はその神秘的火焔を最も激しく挙げる。而して男女の区別を忘れ、獣と霊とを分たない様になって、絶頂に達するのである」

『神秘的半獣主義』の、愛欲にかんする箴言である。愛しあう姿は、まさに華麗な半獣。男でもあり女でもあり、烈しくたがいに欠落をむさぼる愛の火焔と燃え、宇宙に輝く刹那。しかし一瞬のちは再び闇に放り出される。また、愛の絶頂の火を求めてさまよう。かくして人は愛すなわち生の悲痛を生きる。

望むところだ、と若い折口は思った。むしろ愛の常識を唯一とする社会に密着した結婚と生殖に、同性を愛する自身の居場所はない。

泡鳴の評論の烈しい焰がさししめす、完全に純な愛、宇宙のいのちの源を幻視する絶頂の愛こそ、自身の生きる道、追求する知の道にかさなる。

劣等感はぬぐわれた。すさまじい肉欲への罪意識は反転した。十年ほど後の随筆「零時日記」に、二十七歳の折口は迷いなく敢然とこう書く。

「性欲は厳粛なる事実である。芸術が立脚地をここに置くということに、疑念を挟(さしはさ)むことは許されぬ」

「青年男女の肉体を見よ。それ自身芸術的表現を有している」

ここに早く、日本文学の一つの本質を愛とエロスに見いだす折口の独特の史眼がひらかれる。愛の苦悩は、魂の成長の糧。ゆえに魂をいれる聖器としての歌には古代より、愛の歌が多い。歌から発生した物語もとうぜん、愛の物語が多い。

折口の〈いろごのみ〉論にはもっとも明らかに、若い日の泡鳴体験が濃く影をおとす。そして論と実人生を純に合体させる泡鳴の捨て身にも、折口は深く共鳴する。彼に詩人学者の理想の姿をみる。泡鳴はみずから「盲動」した。一九〇九年樺太および北海道へ渡り、缶詰工場をつくったのもその一環である。大失敗した。

妥協なく愛の半身を求めた。恋のため海に身投げし助かった話題の〈新しい女〉、遠藤清子の勇猛に感動し、同じく一九〇九年に初めて彼女に会い、求愛し、同棲を始めた。清子と、男女対等の戦いとしての契約結婚をこころみた。

このラディカルな結婚もまた破綻した。新しい愛人のもとへ走った泡鳴は、社会の非難を浴びた。「性欲の怪物」とののしられた。泡鳴はこの体験を、小説「征服被征服」に結実する。

折口は無頼の生を全的にうべなうわけではない。しかし己が論を果敢に生きる泡鳴の純に感じ、自身もまた泡鳴のように生きた節がある。

思えば周囲から奇異の目で見られ、実家から猛反対されても押し通した、折口の二十七歳からの一年余りにわたる元教え子たちとの共同生活も、まさに折口流の愛の実践であったはずだ。

中学教師を辞め、無職で東京に出た折口を慕い、担任したクラスの生徒たちが追いかけて来た。本郷の下宿の二階を借り切り、十人ほどでいっしょに暮した。

原始共産的生活。家のゆたかな子が、貧しい子の分をおぎなった。師の折口は大きな借金を背負った。実家は仕送りをさしとめ、折口は過労と心労で神経衰弱をわずらった。この師弟の理想の愛の生活はほどなく解散した。

なりふり構わず折口が、親友の武田祐吉に借金をなんども申し込む当時の手紙も残っている。泡鳴とおなじく折口も、捨て身で自身の愛の理想を生きたのだ。

泡鳴への親炙は、大阪で折口が中学教師をしていた頃に「日刊不二」新聞に発表した、一連の文芸時評にも横溢する。

それはまず、泡鳴の小説「ぼんち」や「熊か人間か」への評言に端的にあらわれる。ちなみに「熊か人間か」は折口の誤り。「人か熊か」が正しい。雪ふぶく北海道を舞台に、人間と獣に共通する烈しい生の欲求、すなわち性欲を骨太に描く傑作である。

折口は二作の背後のエネルギーとして、泡鳴の評論『神秘的半獣主義』『新自然主義』が大きく働くことを指摘し、泡鳴の人と作品をこう称揚する。

「ろだんの鑿の味を思わせるおそろしい素朴と、底力とを具えた氏自らの言語を以て、悲痛なる生活を開展せしめて行く傾向は、（中略）「半獣主義」から「新自然主義」と、氏の哲学の体系は漸く完成せられて行く様に見える」

「成立した哲学でない処に、不断に流転する氏の生活の大きさを見るべきである」

「氏は実に装われたる日本人の形式生活から、功利や、偽善や、妥協的な安心を肌膚を剝脱して、真の悲痛なる原始的戦闘に帰えれと宣した」

泡鳴の唱える生命の「盲動」「流転」「瞬間」のイメージは、若い折口の文学論のそこここに滴る。それは折口において、理想の文学と文学者の境地である。

少年時代から愛読する田山花袋の作品の評にも、そのイメージは鮮やかにあらわれる。折口にとっては、花袋も力づよく「盲動」する作家なのだ。

たとえば同じく「日刊不二」新聞に書いた、花袋の新作小説「一握の藁」の評で折口はこう述べる。明らかに、泡鳴から摂取した「刹那」哲学が光る。

「常に生活全部を読者に暗示しながら流転の瞬間瞬間を象徴しているので、短篇「葱一束」以後の傑作である」

「瞬間瞬間を充実して行って新しい境地を体得する他はあるまい。(中略)低級な安心を追いまわっていてはならぬのである」

安心安住の否定。完成した境地にしがみつく作家へのきびしい批判は、批評家としての折口をつらぬく大きな特徴である。

卵の殻を破って羽ばたく鳥、何度も脱皮する蛇、繭のなかに籠もり眠って羽化する蚕の生態をたびたび比喩とし、折口は安定した境地をみずから破って新しい世界をめざす作家と作品を高く評価する。

もちろん思い出される、泡鳴が『神秘的半獣主義』にて、生命の本質を脱皮し変態する〈蛇〉にたとえていたことを。「人間は沢山の蛇から出来た木」であると、不思議なイメージを書きつらねていたことを。

若き日に「半獣主義」から感受した、脱皮し変転し生きる「刹那」の生命体のエネルギーのイメージは、思いのほか長く深く、折口の思考に染みつく。それは民俗学の論考にも濃く流れ込む。とくに古代のよみがえりの聖水信仰を説く論に、そのイメージは顕著である。

たとえば沖縄の正月の若水のしきたりから始まり、天皇制に水による復活儀礼が深くからむことを指摘する「若水の話」(『古代研究　民俗学篇二』におさめられる。昭和二年の作か)はまず、「しぢゆん」という琉球王国の王家の女性のつかう古いことばに注目する。

折口の解析によれば、「しぢゆん」とは「卵の孵ること」「生れる」「若返る」という意味。つまり、聖水をからだに浴び、「よみがえり」「若返る」ことを指す。

この水の信仰は、古代につよい力をもった。本土では忘れられかけている。折口は沖縄に根づよく残る若水信仰を目の当たりにして確信する――。

「日・琉共通の先祖」の一部は熱帯の母国から、この列島に移住してきた。熱帯の動物は「蛇でも鳥でも」変形がめざましい。とくに「蝶の変形は熱帯ほど激しかった」。

日本人の祖先は、母国の生き物のそうした激しい変形を、一種のよみがえりとして神聖視していた。その信仰を列島にも持ち越した。

それゆえに古代日本人の思考において、「卵や殻・繭などが神聖視」される。「卵や殻は、他界に転生し、前身とは異形の転身を得る為の安息所」として畏怖された。

この生命の変態こそ、不死の神のあかし。ひいては神に仕える最高の神人としての天皇の聖性のあかし。したがって天皇の代替わりは死ととらえられない。卵・繭を破って新しく生まれ変わる生命体の擬態が、代替わりの秘儀・大嘗祭のなかで行われる。

水を用いて天皇のよみがえりを助けるその秘儀に欠かせないのが、聖水をつかさどる巫女——〈水の女〉すなわち新しい天皇の后。論考「若水の話」は、ここに着地する。

論全体に、「皮を脱ぎ、卵を破って」変形しつつ生きる生命体への、ふと不可思議になるほどの詩想が息づく。

ここには明らかに、利那を盲動して生きる人間の原点の自然を直視した、泡鳴の〈蛇〉のイメージが光あせず強烈に輝いて横たわっている。

そして驚くべきことに、泡鳴の説く人か熊か、——〈半獣〉の世界観も折口の内部に輝きつづけ、その最晩年の他界論にゆたかな泉として噴出するのである。


昭和二十七（一九五二）年夏。六十五歳の折口の、さいごから二番目の夏。気力をふりしぼり、軽井沢の貸別荘で念願の他界論に着手した。

原稿は、高原の青い林のあいだを妖しい黒蝶が舞うのを幻視する衰弱のなかで書かれた。養子の藤井春洋（はるみ）は硫黄島で戦死した。自分の死も目前である。

二十代の頃から考えていた。この世に生まれ、死ぬ人間が考えるべき問題は三つに尽きる。「何の為に生まれたか」「わが命のもとは何か」「われと周囲の人及び生物との交渉」。この三つ。「零時日記」にそう書いてある。

最晩年の他界論「民族史観における他界観念」は、折口が若い日からこころに抱いてきたその三つの問いを追究する。

論の話題は多岐にわたる。あえて〈半獣〉にかかわる要素をのみ単純化して述べる。

古代人のこころの風景には、他界が大きくそびえる。人間の住む世界から、はるか遠くにあると信じられる他界。しかし双方の精神的交流は密である。

人は死して他界へ行く。一方、他界からは折にふれて強大な力をもつ神がおとずれ、人間の生を刷新する。

他界はつねに意識された。植物、動物、石などの鉱物、ときに光線のようなものまで。古代人は、それらを自分とは別種の存在と思わなかった。

あの柳は、あの草や花は、あの蝶、鳥、獣、魚はもしかしたら、自分である。死んで他界に生まれ直した自分の「転身」、「他界身」であるかもしれないと感受した。

人と自然の万物が融けあうその風景こそ、古代人の「内界」の景色だ。だから偉大な神は「異形」のすがたを崇められる。他界身と人間の身の両様をもつ異形。神は〈半獣〉だ。これは世界神に共通する、一つの特徴だ。折口はこう述べる。


「えうろっぱやえじぷとの神話の上に出て来る偉大な神及びでもん・精霊の類が、禽獣の姿で出現するもの非常に多く、殊にえじぷとにおいて、頭部が鳥や獣で、胴体が人間と同様なのが、とりわけ重要な神の場合であるのは、他界生類が他界身を現じた時を以て最偉大を発揮するものと信じて来たからである」

もちろんこれは西欧のみのことではなく、仏教の神々にも共通する。「世界人の宗教心の発生点」の偉大な神は、多く半獣の姿をとると折口は考える。

孤独な大学生の折口が没頭してページをひらいた泡鳴の『神秘的半獣主義』から追って来た私たちには、最晩年の折口の未完成の他界論の底にもありありと、泡鳴が説いた人間のいのちの原点――次の刹那には蛇にも鳥にも獣にも変形し、循環して生きる〈半獣〉の肖像があざやかに燃えているのを視ることができる。

泡鳴は、人と獣の融けあうギリシャ神話の半獣神・人面馬体のケンタウロスの奇怪にして霊威あるすがたを掲げ、その論の象徴としていたではないか。

「諸君はホメーロスの歌ったケンタウロスを知って居られよう」
「これが僕の半獣半霊主義の神体である」
「この神秘的霊獣の主義は生命である、またその生命は直ちに実行である。この霊獣は偽聖偽賢の解脱説をあざ笑う」

――『神秘的半獣主義』より

世界宗教の発生点に荒々しく猛る異形の神、半獣。人と獣の融けあう姿を、折口はそのさいごの他界論で凝視する。人と他の生き物が分かちがたく入り組むその姿は、魂がどこから来てどこへ行くか切実に日々問う、古代人の「内界」を暗示する。

泡鳴において〈半獣〉は、善悪の道徳にせせこましく縛られる以前の古代、すなわち神と人間をめぐる原始の生命・活気・情熱として輝く。折口においても然りである。

詩人学者・折口信夫の〈古代〉には、同時代の道徳主義にさからい、背徳者と非難されながら、盲動と刹那を生きた文学者・岩野泡鳴がなまなましく関わる面が大きいのだ。

折口の学問と創作における泡鳴の影響については早く、研究者の長谷川政春氏が指摘した。しかし具体的にその内容がかえりみられることは今までなかった。

折口の歌作にも、歌論にも実は、泡鳴の影は大きいと思う。

泡鳴は詩人であり、詩史家である。『新体詩の作法』(明治四十・一九〇七年)、『新体詩史』(明治四十一・一九〇八年)の二著がよく知られる。『神秘的半獣主義』の後半にも詩論が展開されていた。

泡鳴らしい。詩論も壮大で世界的。日本近代詩を説くに、ホメーロスからはじまり、ハイネ、サフォー、ロセッティ、テニソン、マラルメ、ヴェルレーヌなど西欧の詩人の詩作と詩論を縦横無尽に引用し、ちりばめる。

その博覧強記のつくる曼陀羅の思考は、同時代の博物学者にして詩人の南方熊楠をほうふつさせる。若い人への読書案内としても魅惑的だ。

一方、詩のことばへのこまやかな目もよく働く。とくに泡鳴は、詩語のそれぞれが秘める音楽性に深い関心をもつ。記号としてのことばの否定でもある。詩語は泡鳴にとって、これもやはり生命ある生きものなのだ。

泡鳴はペイターの文芸評論『ルネサンス』や、マラルメの詩論『音楽と文字』のなかの「詩の用語は音楽的暗示を生命とすべき」などのことばを引きつつ、自身も「表象詩以上の詩歌は音楽的でなければならない」と断言する。

それを実証するため、泡鳴は独特の作業を詩にほどこす。「音脚」「音律」「音勢」の観点をもうけ、詩を何行かに句切り、あるいは一語一語に解体し、その内容と音楽性を分析する。

折口が国学院大学に提出した卒業論文「言語情調論」は、あきらかにこうした泡鳴の詩の解析法をかなり踏襲する。言語情調論は、和歌すなわち詩語にもやう音楽性やエロスの霧を分析し、折口の古代歌論の礎となる重要なもの。

もちろん、折口が自身の歌作に生涯を通してこころみつづけた句読点の挿入、数行分かち書き、叙事連作の実験も少なからず、泡鳴の過激な詩語の解体・分析作業につながろう。二人とも、詩歌の美しさを壊すことを恐れず、未来に詩の生命をひらくため果敢に実験した。

詩人・泡鳴と、詩人・折口の問題も大きい。向後の課題としたい。

日本一の中学教師

生きることに失望はあるけれど、絶望はない。

このことばは折にふれ、『わが師　折口信夫』の著者の加藤守雄氏が、若い私たちに言いきかせるように、つぶやいていたことばである。

折口信夫の晩年の弟子である加藤氏は、講師として慶応義塾大学の大学院を教えに週一、二度三田へいらしていた。わざと折口信夫の作品は外し、しかし折口と同郷でおなじ中学校出身の近代文学者、宇野浩二の作品を講読していた。

今思えば、当時の若者もけなげだった。人も入らない土蔵の壁にふうわりとカビのくっつくような、大阪の遊び人の古風な薄暗い情緒のたれこめる小説『蔵の中』や『子を貸し屋』などを指さされるまま、自分の生活に関係ないと不平もとなえず、おとなしく読み習った。等身大の世界をこえることが学習と思いさだめていたからだ。

生きることに失望はあるけれど、絶望はない——このことばは、授業の内容である宇野浩二の微苦笑しつつ、底辺の人々の生のありのままに触れ、手のひらにすくってみせる文学にひどく似つかわしいとも思えたし、加藤守雄の回想記『わが師 折口信夫』を読んでいる学生には、よりただならぬ加藤先生自身の、人生をふり返ってのせつせつたる嘆息とも聞こえたのだった。

ともあれ、このことばをつぶやく時の加藤氏の風情には、独特のはるかな方角を見すえる雰囲気があった。総白髪だった。当時、六十代末であられたろうか。堂々たる長身だった。かつ、かなり肥えておられた。

そのかみ折口は、同居する加藤守雄の青年らしい細くて長いあごをもつ顔を愛し、「馬さん」という愛称で呼んだ。その痩身と鋭い神経のいたいたしさに魅了され、えがたい美しい人として可愛がり、都会育ちのお坊ちゃんの繊細な感性をいつくしんだ。

たっぷりと肥えたので、美少年のおもかげは消えはてていたけれど、華やかな気性や、たしかにお坊ちゃんらしい清潔な反骨精神をいつまでもきらきらと身にまとう、すてきな個性的な先生だった。

私の男ともだちは授業のおわりに質問にゆき、お茶のみにゆこう、と加藤先生に誘われ、お伴したらばお茶どころか、大きなステーキをふるまわれて感動していた。こういうところは、弟子にしょっ中おいしいものを食べさせるのを生活の歓びとした、折口信夫の暮らしの直伝によるものか。まず相手が遠慮しないように軽やかに、お茶と誘うところが世なれていてまことに洒脱、かっこいい。

折口信夫は藤井春洋が出征する折、自身の身がわりにも、折口家の実務を切りまわす柱としてもと選び、後事を託した加藤守雄を、春洋の思いどおり気に入った。春洋は自分の死を予想し、折口が加藤を愛することまで願った。しかしつまりは折口は振られた。折口が加藤の蒲団にたわむれて問い寄り、加藤は衝撃を受け、師弟のきずなは砕け散った。青年は故郷へ逃げ帰った。

振られたといえば折口の側がいたいたしいが、結局ふかい打撃をこうむり、学問の道をあきらめ、これまで選んだ人生とは全く異なる玩具商となり結婚し子をもうけ、しかしその家庭をも手ばなし人生を大きく変形させたのは、加藤の方だった。

理想や夢がぐしゃぐしゃに潰れ、教師として働いていた矢先に自らその道を投げ出し、はっと気づけば思いもかけない生活の中で生きて――しかし絶望はない、人生に絶望はないと自身に言いきかせて歩んできたのは、加藤守雄の方だったのである。

特別にいとしく思い、その才能を見守ろうとした青年にそんなことばをつぶやかせてしまうなんて、哀しい。せつない。

ここに折口信夫の最大の悲劇がある。彼の悲劇は、若い日に彼がすばらしい卓越した中学教師であり、ゆえにその時に教育の頂点に達してしまったこと。その頂点を、大学教授としての青年たちの薫育にも、頂点であるがゆえに、そのまま推進してしまったことにある。

石川啄木は、「日本一の代用教員」だった。それならば折口信夫も、日本一の中学教師だった。頭をごく短く刈り、度のつよいメガネに痣ある先生は、来てほどなく大阪今宮中学校の生徒たちの注目をあつめ、あこがれの的ともなった。四角四面の謹厳な態度とはほど遠い、自由な若々しい文学者らしい情熱が、隠しようもなく表われていたらしい。

あの先生に習えたらいいな、と生徒らはしきりにささやき交わしていた。先生自身が、大阪の新聞などに文芸批評や短歌を発表しているらしいことも、子どもたちにはすてきなことに思われたのであったろう。

折口先生は、教科書を無視した。時には一首か二首の和歌を板書し、それについての精緻な解釈で一時間がおわってしまうこともあった。生徒を、能力において子ども扱いしなかった。誰もが誰も、文学に興味があるわけではない。理系の子も多い。

それなのに摩訶不思議なことに、先生の説く哲学的ともいえる高度な古典文法は、教室にいる皆を深く魅了し、とにもかくにもその清新な論理を呑みこませてしまうのだった。

文学を愛する教師が、文学に興味のない子までも、その思考の嵐に巻きこんでしまうというところがただならない。

のちに天文学者となった当時の生徒の萩原雄祐は、明治四十四（一九一一）年十月に二十四歳で大阪府立今宮中学校に国語漢文の嘱託教員として赴任してきた折口の相貌をふりかえり、自分にはその日本文学史と日本文法がとりわけ刺激的であったとしつつ、このように述べている。

「折口先生の研究は生き生きとした独創に満ち満ちている。先生の二十六歳（ママ）の時の最初の中学生に対する日本文法の講義もこの例に洩れない。（中略）古典に根ざして語源をみきわめ、韻文と散文の実例を盛って詳細に論じられている」

「翻ってみて、こんな高尚な文法を、中学生の時にどうして咀嚼し得たかと言う疑問をまず抱かないではいられない。しかしこの講じられた研究の精神は専門が異なってはいてもどこか私の中に生きているような気がする」

――「折口先生の日本文法講義」より

つまりはでき上がってしまっている文法の固定した常識にたよらず、真摯に考究し分析し、生きものが進化するようなことばの動態をとらえようとする学問の精神を、折口は中学生に伝えることに成功していたのにちがいない。

この先生は天才だ、と多くの生徒が直感していた。とりわけ折口がつつがなく担任クラスの生徒を卒業させ、自らもかねての願いどおりに上京したさい、そのあとを慕って東京へ出てきた生徒たちは皆、それからつづく短からぬ折口の不遇の時期にも一貫し、この先生はいつか世に大きく出る天才であることを確信していたという。

中学教員になることは折口の希望ではなかった。国学院大学在学中にすでに、和歌の歴史を考究する史家になることをめざしていた。

しかもその和歌史が、従来の純粋な文学としての和歌をのみ扱うものでなく、宮廷や豪族に仕える語部(かたりべ)なる口承を家職とする奴隷集団の口にあやつられる、呪文としての領域と文学としての領域を変幻に出入りする、時代区分も文学の概念も時にこえるめざましく壮大な越境的なものであったことは、やや後に折口が詠んだ次の一首にも鮮やかにうかがえる。

かたりべのかたりにもれしふるごとの猶みまほしき歎きぞ常する

大正九(一九二〇)年の国学院雑誌の短歌欄で、「古の書をよむ」という題詠に応じて寄せたもの。他の人々は、史書は歴史を考える宝であるとか、もっと歴史を記録する書物が残っていればなあとか惜しんで歌を詠んでいる。

その中で折口の発想の異色はきわだつ。彼が惜しむのは書物ではない。古代のゆたかな歴史は書物よりむしろ、語部のかたる物語にこそ息づいていたはず。口から口へと伝えられ、しだいに空中に消えてしまった語部の聖なることばをこそ、ああもっと聞きたかったなあと惜しむ。

そこまで鮮明に、革命的な和歌史ひいては日本文学史の構想が視えていた。それは必ずしも書物や、文学的動機で書かれた文学を軸とするのではなく、それらの根元に、口伝えの呪言の大きな影を看取する文学史だった。

さぞ口惜しかったろう、誰からも東京に残るよう声をかけてもらえず、あてもなく大阪へ帰郷したときは。行きたくはなかったろう、急に欠員が出たということで、今宮中学へ招かれたときは。

強度の近眼のめがねをかけていて、そこから青痣がのぞいて見えた。しかし今宮中学の生徒たちは、夏目漱石の『坊っちゃん』の生徒たちのように新任教師にいじわるなあだ名をつけて、からかったりすることはなかった。

伏し目がちに生徒をむくつけに見ず、乙女のように恥じらい授業をするのは、この人の終生の癖だった。しかし時折顔をあげると目に入るのは、自分でも思いがけないほど可愛い、ういういしい感情を全身にみなぎらせる感じやすい少年の、蒸気が立ちのぼって発光するような群だった。

小鳥　小鳥　あたふた起ちぬ。かたらひのはてがたさびし。向日葵の照る
はるしゃ菊　心まどひにゆらぐらし。瞳かゞやく少年のむれ

赴任してほどなく、生徒らを詠む歌があふれるようにできた。その一部は「生徒」と題する連作とし、宮武外骨の主宰する「日刊不二」新聞に発表した。

この連作を、生徒たちは新聞で目にすることがあったのだろうか。あわただしく飛びたつ小鳥の群にたとえられ、瞳の純な光輝を賞美され、成長してゆく肢体をもてあます気だるい風情に目をとめられ、随分くすぐったい思いもあったのではないか。

ともあれこれほど、濃密に浪漫的に日々の自分たちのささいな動向に目を向け、生徒を思春期という舞台の主人公にしてくれる先生など、他にはなかなかいなかったはずである。

この先生は、しごとで自分たちとつきあっているのではない。形式や決まりごとをこえて情熱的に向きあっている。しんそこ可愛がってくれている、こまやかな目をやわらかく注いでいる。敏感な子どもたちにはよくわかっていた。

折口先生の課す作文ひとつとっても、清新だった。生徒の考えや感性をおもんずる心が表われていた。他の先生はいわば書く上での礼譲を教えるのを目的とする文語文を命ずるのに、折口先生は口語文で、自由に書きたいことをお書きという流儀だった。それこそ解き放たれた小鳥のように、生徒たちははりきった。先生に読んでもらうため、それぞれが創意を燃やした。

時には古典を離れ、話題の新しい詩歌を黒板いっぱいに書き、綺麗に朗々とうたい、意味内容を教えてくれるのも楽しみだった。与謝野鉄幹や晶子、石川啄木、島崎藤村らの詩歌を習った。

生徒をひきつれて散歩するときに、興がのれば高らかに詩歌をうたうのは、この頃からの折口先生の習慣であったらしい。さぞかし晴れやかにかん高い声で、万葉集のリズムゆたかな旋頭歌から近代の新体詩まで、歌うにふさわしい音楽的な詩歌をつぎつぎに自然の風景のなかに流露させたのにちがいない。

音源が今よりはずっと乏しいゆえに人の口の働きが重かった時代ならではの、ゆたかな文学教育である。

遊びにおいで、という先生のことばはいつも真底からのもので、訪ねていって厭な顔をされたことなど一度もない。先生にどうしてもの用事があるときは、正直にさらりと、また来ておくれと言われて帰る。

けれど多くの場合はごく自然にとうぜんのように、先生は生徒らといっしょに一日をゆったりと楽しくすごす。子どもなので芝居見物には連れてゆかないけれど、郊外を散策し町をあるき、ソーダ水やおしるこをごちそうしてくれる。本屋ものぞく。本の探し方、買い方、ねぎり方もこぞと教える。

家族もちでない先生は、全ての窓口をひらいて自分たちを待っていてくれる、物理的にも精神的にも――今宮中学校の折口先生の担任するクラスの生徒たちにとり、この感触が何よりもすばらしい忘れがたい先生の薫育の表われであったにちがいない。

折口先生は学校の制度に従属しない。組織に所属する職分の範囲や限界をかえりみない。お金や時間の損得を計算する世間一般のルールを、生徒と自分のあいだには断じて割り込ませない。独創的で純な関係性を追求する。

その志は口に出さずとも、自由で清新な授業法、通りいっぺんの評価とは大きく異なる生徒一人一人の心理や性格の深層にまで分け入る分析をしるす成績評価法、手間ひま惜しまぬ学校外での生徒とのつきあいの全てにあふれ、みなぎる。

そしてこの先生は、自らの内部に知的に試みたいことをはち切れんばかりにはらむ、新しい人である。その新しさが教育の情熱にからむ。深く魅了され、折口先生を慕う生徒が続出したのも、うなずける。

かくて明治四十四（一九一一）年十月より大正三（一九一四）年三月まで。約二年半のつかのまながら、大阪の一隅の中学校に、日本一の透明で純な愛の教育の結晶体が鮮やかにくるめき出でたのである。


釋迢空の旅の第一歌集『海やまのあひだ』を読み、峠や山道で死んでいった過去の多くの旅びとの魂と交感するような深い静寂感におどろいた北原白秋は、折口に「黒衣の旅びと」という異名をたてまつった。

著名なエピソードである。そしてこの印象ゆえに世間に、折口信夫とは独身を守り遂げ、ひとりの時間を何よりも尊守する孤独の人であるという像が結ばれた。

しかし折口は通俗的な意味でそんなに孤独の人であったのか――？　どうもわたくしにはそうは思われない。むしろ近代の学者の中にあって、これほどこまやかに多くの時間を人といっしょにすごした存在は、稀有ではないかと思うほどである。

その意味では、家庭の中にありながら書斎にこもって思考し、こつこつと書きつづける柳田國男や、あるいは森鷗外や夏目漱石のような人の方がよほど孤独ではないか。

何しろ折口においては、書く時間さえ、人とともにいる時間に変わる。

すでによく知られる口述筆記の志向。彼の著作は初期の『口訳万葉集』をはじめ、その少なからぬものが口述筆記による。嚆矢は、彼が二十二歳で発表した歌論「和歌批判の範疇」。友人が口述筆記した。

もっともこれは、学問に限られる。詩や短歌、小説の創作に関しては口述筆記はなかった。だれにも立ち入らせない部屋で、世間の作家なみに孤独にひとりでつづった。

自己の学問と創作とは一心同体のものとして読んでほしいと彼は言う。それはよくわかる。内容は呼応しあう。異なる表現どうしが交流し、たとえば古代学の〈まれびと〉のすがたを、創作はその神を待つ女性の内的な戦慄や動悸を通し、酷なほどに鮮やかに伝える。

しかし一面、折口の意識において学問と創作は、それぞれかなり異なる表現領域として線が引かれてもいるのである。

学問とは、それを授け、それを受け伝える人と人とのきずなを重要なものとして生成する。その意味で人間くさい。創作は孤独。そのまわりに人の気配はない。それが折口のスタイルだ。

創作に関する折口の姿勢は、いわば当時の文学者に変わらない。しかし学者としての著述姿勢はまことに個性的、はっきりと異様でさえある。その多くが書かない、語る。

『口訳万葉集』は、三人の親しい友人が時間を交替して折口の下宿に通い、わずかな本を手に彼がかたる口語訳を、つきっきりで書きとった。どうしても生活費が必要な折口は、短時間でこれを完成する必要があった。友人の協力で口述したため、三か月で仕上がった。おそるべきスピードである。

頭脳の回転、次々とつながるゆたかな発想に、筆が追いつかなかった。テープレコーダーの活用される世であったならば、折口学はどんな風に展開していたのであろうかとも言われる。

しかし、そうした利便性や速度という効率性とは、また全く異なる〈学問〉への意識が折口にはあったということを、口述筆記の問題はものがたる。そしてそこには、中学教師としての目ざめも大きく影を投げかける。

折口学の特質のはじまりともいうべき初期の口述筆記、『口訳万葉集』（大正五～六年）。中学での授業をあざやかにイメージする。このとき第一の読者として折口が想いおこしていたのは、教室で瞳をかがやかせて自分の話を聞く子どもたち。序文のさいごでこのように述べる。

「わたしは、国学院大学を出てから、足かけ三年、大阪府立今宮中学校の嘱託教師となって、其処の第四期生を、三年級の中途から、卒業させる迄教えていた。わたしは、其八十人ばかりの子どもに接して、はじめて小さな世間に触れたので、雲雀のようなおしゃべりも、栗鼠に似たとびあがりも、時々、わたしの心を曇した悪太郎も、其から又、白眼して、額ごしに、人をぬすみ見た、河豚の如き醜い子も、皆懐かしい。この書の口訳は、すべて、其子どもらに、理会が出来たろう、と思う位の程度にして置いた」

訳すさいに工夫される「あ、月が出た出た」「諸君」「私がなったらよかったわ」「おい鎌公よ」「おべっか使いの人々よ」「真青な人魂さんよ」「おっかさん」などのやわらかい暮らしのことばや、大阪ことば。子どもたちのためである。

じっさい、『口訳万葉集』は今宮中学校の卒業生たちも手伝った。筆記者のためにあどけない声で、一首一首をまず朗読したのは、教え子の少年たちであったという。

折口先生の教室ではもっと、もっと、驚くような自由で新しい口語訳のことばが空気を伝い、ヒバリやリスのように動き回るいきいきした子どもたちの耳に届いていたのだろう、彼らと古典を仲よくさせるために。

ここで折口の何かが決定的に目ざめたはずである。それまでだって彼は、図書館や家にこもって書物のみと対話する人ではなかった。

文学を愛する友人と親密な共同体をつくり、さかんに語らい競いあった。天王寺中学校の演壇で詩歌を朗読した。宗教革命にも一時、情熱を傾けた。「神風会」に参与し、十九歳の頃にはしばしば街頭布教の演説をした。人前でものがたることを恥じらいつつも、深く好んだ。

彼は本質的に、声による物語を愛する。聴衆を前にしての、演技する情熱を知る。なま身の人間の匂いや表情、聞きほれる興奮と交わり、語りの内容が熱をおび化学変化することもわきまえる。

卒業論文の「言語情調論」とは、声や音楽、演劇としてのことばの流動多彩ないのちに何とか手をふれて具象化しようとするものであるし、以降しばらく第一の志を燃やしたテーマが「語部」論であるというのも、よくうなずける。からだと密着して演じられる文学は、彼の根源的な主題なのである。

それを――毎日毎日、教壇に立つ。古典を口語訳する。歌の話をする。生徒の顔がかがやく。折口先生をじっと見る。おもしろい楽しいと思うこころが、こちらにも伝わる。若々しい熱にあたためられて、先生のことばもさらに自在になめらかに自由に変容する。

時には先生が主人公で、時には生徒が主人公になる。この小さな舞台を折口は人より並はずれて優れて、とりさばくことに長けていた。自身でその能力に気づいた。愛するとはこういうことかと知った。生徒ひとりひとりの内側にまで思いをめぐらす。推測し想像し、分析する。学的思考にも似る。

知を授ける声が、世にも純な愛を生む。この醍醐味を知った。いつまでも中学教師をつとめれば、とうてい学者にはなれない。それは大志や野心をもつ若者の、あくまで仮の姿である。当時の一般的状況である。田山花袋の当時の代表作『田舎教師』(明治四十二年)を読めば、そのことがよくわかる。

内心はあせっていた。嘱託教員をひきうけた当初から、ここしばらくの間のことと思い定めていた。新しい文学はすべて東京から発信される。必ずや文学の黄金郷・東京へもどり、文学者か学者になると決めていた。じりじりしていた。

それにしても中学教師の経験がこの若い時代になかったとしたら、口述筆記を柱とするスタイルをはじめとし、折口の学問の個性はかなり減じていたであろう。

若い人のざわめきが身辺にある。さまざまな声がとび交う。水をあたえ育てる喜びが、学問のなかにゆたかに湛えられることを知る。独身の境涯こそ、雑音なく純に若い人々を育てるのにふさわしいという、自負をいだく。著作はある面、それを筆記する「子どもら」の面影を濃く刻む、理想的な合作である。

もっとも折口が口述筆記をごく自然なこととして自らにうべなうのは、伝統的な最高の学問としての歌学をこころざす歌びと学者としての、歴史的自負も大きくかかわるのかもしれない。

歌の歴史や理、さまざまの歌の姿態、こころえるべき詞華を説く世々のすぐれた歌びとが後に伝えるために選ぶスタイルは、弟子が口によって授けられ書きしるす、「口伝」が一つの特徴をなすのだから。

ともかくも図らずも、彼は早くに教師としての至福の時間をもち、子どもたちと一日の多くの哀歓を共有するこの若き時代の生活スタイルを以降、ほぼ死ぬまで持続した。そのことが彼の人生をこのうえなく豊かにし潑剌と輝かせ、またこのうえなく痛ましいものとした。

石川啄木や宮沢賢治など、この時代はすぐれた独創的な芸術家の教育者を生みだした。前掲の花袋の『田舎教師』。夏目漱石の『坊っちゃん』（明治三十九年）。島崎藤村の『破戒』（同年）。

子どもや中学の少年たちを教導する〈教師〉をテーマとする小説も打ちつづく。

前代の伝統的な師弟関係にとって代り、明治に新しい〈学校〉制度が樹立され、その内部における若い世代の人間関係が大いに注目されていた。

もちろん学校といっても公私さまざま、年齢層にも幅がある。『田舎教師』のように、のどかな田園の子どもたちのむじゃきな草笛がひびく世界もある。森鷗外の『ヰタ・セクスアリス』（明治四十二年）のように、未来のエリート育成機関としての学校やその交友関係が描かれる場合もある。

そして先鋭に〈学校〉という制度の中での師弟関係に限界を感じていたのが、漱石であろう。ややおくれて大正期に発表された彼の『こゝろ』（大正三年）は、自らの心臓を破り、あふれる熱い紅い血をそそぎ、愛するひとりの若者を実りあるゆたかな生へ導こうと決意する「先生」を描く。

よしんば自分は血まみれになり、倒れても、若者が先へ先へと生きてゆけばそれでよい。こころが触れあう。生がバトンタッチされる。若者は彼のメッセージを深く受けとめる。ただひとりの、親よりも自分をよく知る「先生」として慕う。

そして二人は学校で知りあったのではない。海辺で出逢った、学識のある謎めいた人だった。世から隠れるように静かに棲んでいた。青年は最初からむしょうに「先生」に魅せられた。その内的世界に「先生」がすっくと大きく立つようになった。

折口信夫は、漱石がその文学に内在させる革命性、無頼と野性を高く評価していた。〈学校〉といういわば公的に管理される制度の中で、師弟による本来そうあるべき真の学問とこころの分割授与は両立しうるのか――？　この主題を重くかかえる『こゝろ』を気にしていたのに相違ない。

　ところで再び、中学教師としての折口に近づいてみる。〈学校〉や〈教師〉が文学的主題になりつつある。一種の道徳革命といったダイナミズムもそこにはらまれる。

　その現場にいる中で彼がもっとも身近に感じ、時に自身にひき比べて濃密に意識していたのは、すでに詩集『あこがれ』をもって世に大きく出、とはいえ生活のために「月給八円の代用教員」となった二十代初めの石川啄木であったと思われる。

　啄木と折口はたった一歳ちがいの、同じ二月生まれ。啄木が一つ上。彼は盛岡中学校を中途退学して即上京、十九歳の時に『あこがれ』を上梓するも、生活苦のため帰郷し、二十歳より一年間、渋民尋常高等小学校の代用教員となる。明治三十九（一九〇六）年。折口が中学校へ赴任する約四年ほど前のことである。

　よぎない仮の仕事であったのに、啄木は子どもたちに魅せられ、教育に深い情熱を発動した。「生徒が可愛い」「この心は自分が神様から貰った宝である」と、天に感謝した。

　学校でも啄木は革命家であった。教科書は使わず、自分で教材を創った。自宅を開放し、生徒に自由に出入りさせた。子どもたちのいきいきした心や身体にあわせ、遊びをゆたかに授業に取り入れた。硬直した教師と生徒の上下関係を無視し、子どもこそ才能あるすばらしい教育者であると説いた。

この愛と反逆の精神ゆえに、学校とのいざこざは絶えなかった。わずか一年で辞表を出し、一度は留められるが直後、校長排斥のストライキに関わって免職された。

啄木は自らを「理想の教育者」「日本一の代用教員」(「渋民日記」)と自負していた。子どもへの創造的な教育を通して社会権力の要である〈学校〉システムを打破し、システムの内側より革命をおこすことを、一時は本気でゆめみていた。その様子は、啄木の小説「足跡」(明治四十二年)などにたどることができる。

けれど情熱過剰な先生は、一年余りで学校から追放される。やはり自分には詩か、小説か歌か。東京を放浪し、大きな志を燃やしながら一つの枠におさまることができず、あるいは自分の居場所を見つけられず、さすらいの途に啄木は倒れた。

折口は啄木の短歌を早くから高く評価していた。とくに今宮中学校で教員をしていた間に、啄木は二十六歳で死に、ほぼ同時に『悲しき玩具』が刊行された。志をいだいての東京での窮死。妻子を養わねばならぬ啄木に比して自身は独身者であるとはいえ、この大破は全く他人事ではないと濃密に意識されていたのに相違ない。

折口は、詩、短歌、小説のいずれにも熾烈な情熱を傾けながら専門の人になりえず、ゆえに芸術と社会の先鋭な批評家でありつづけた啄木の、固定しないゆたかな未来性に天才を見出していた。自身の理想像を重ねていた。

後年、このように述べている。講演筆記である。

「いったいに啄木はどの方面の文学に於ても成功はしなかった様ですが、ある点から言って、文学者が個々の作物に成功すると言うことは、大したことでない時もあるのです。歌の方面について言ってよいことは、啄木の歌には、自身の物がよいというより、多くの後続のよい歌人を出したという所に、その偉さがありました」

——「石川啄木から出て」昭和二十三年より

「文学者が個々の作物に成功すると言うことは、大したことではない」——このことばが光る。ここに、文学の歴史を見わたして時代の文学が次の時代の文学に何を手渡しうるか、水面下の深い動きを視野に入れて作家や作品を評する、批評家の折口の独自の史観がよく働く。

小ぎれいに自身の周辺のみ見て完成するのでなく、もっと遥かもっと遠くを見つめて時代に革命をいどみ、試みつづけて破綻をも恐れぬ作家のまるで哲学者のように未来へと伸びるエネルギーをこそ、批評家の折口はもっとも評価する。とともに創作者としての自身のめざす理想も、そこにあると思い定める。

石川啄木、岩野泡鳴、田山花袋など。折口が評価し共感をよせる同時代の文学者とはとりわけ、人目もかまわず悶え悩み、次の、さらに次の境位へと、自らを駆り立ててやまない未完成の文学者であることがめだつ。その強烈なエネルギーがむしろ、彼らの個々の作品をいびつにする。小さく完成させない。

特に学校を追放された「日本一の代用教員」であり、革命家の気質を烈しく有し、既成の作家や歌人のシステムにもなかなか順応できない啄木は、ある時期の折口にとってひそかな強烈な一つの理想の自画像であったのに相違ない。

大正三（一九一四）年三月。くり返すけれど、折口先生は二年半クラス担任をもった今宮中学校第四期生をぶじに卒業させるやいなや辞表を出し、東京へ出た。何の職の見込みもないままに。第四期生の謝恩会の席で先生は、「子供たちを集めて一緒に住んで塾のようにして教育する話」をし、その場になみいる教員たちを大いに驚かせた。萩原雄祐がそのことを記憶し、随想「折口先生の面影」に書いている。

この理想はすぐさま、赤門前の本郷六丁目十二番地の下宿屋、昌平館にて実現される。まず特に可愛がられた萩原、竹原光三、鈴木金太郎、伊勢清志らが高等学校などの入学のため昌平館に合流し、つづいて第五期生の伊原宇三郎などともあわせて約十人の教え子が折口を慕い、ともに暮らした。

昌平館の二階を借り切った。伊原によればそこは、「三流に近い」下宿屋であった。下宿料は六、七円。とうぜん賄いも粗食なので、折口はよく生徒たちを銀座裏の関西料理の縄のれんへ連れていったという。芝居や寄席にも連れ出した。新しい小説もよませた。ピクニックにも行った。その子にふさわしい本も買い与えた。

芸術文化の最先端都市・東京で、若く感じやすい心にたっぷりと思う存分、ああ楽しいなあ美しいなあ、と感動する喜びの滋養を与えたい。その感動を師弟で分かちあいたい、つまり心を共有したい。これこそ、折口先生の愛の学校の基本である。

師と純な少年たちの志は融けあっていた。しかしたった一つの大きな障壁があった。皆の都会生活を支える金銭。商家のお坊ちゃんの先生は実家に無心した。しまいに送金を断たれた。大きな借金を負い、ノイローゼになった。口惜しいが、理想の学塾は短期間で解散した。

この昌平館からほど遠からぬ本郷の下宿屋群の一つに、かつて啄木も住んでいた。

啄木の東京漂流生活を必死で支えた親友の金田一京助の回想記『北の人』によれば、やはり何の当てもなく上京した啄木は、赤門近くの春彦の下宿にころがり込み、しばらく男二人で暮らした。

折口の昌平館の生活と同じで、家計の基本は原始共産制。じっさいは専ら講師の給金のある金田一が供出したが、お財布にお金のある人が出す。それで何の貸し借りの気もちも持たない。そのことに関係性を汚さない志を保つ。

啄木はそうした意味でもまことに純だった。親友に対し、いじけなかった。金田一の薄給では二人さえやっととなのに、知りあって啄木を「先生」と慕う青年まで一時、同宿させて世話をみた。

その啄木がようやく当てができて妻や老母を東京に迎え、金田一との共同生活を解散して家族で暮らし始めた。しかし、ほどなく啄木も妻も病み、二十六歳で彼は死ぬ。

本郷の下宿に定職ないまま身を置くと決めた二十代末の折口は、啄木の悲壮な都会での闘いを、神経するどく意識していたはずである。

啄木が死んだ最後の下宿は、たまたまであろうか昌平館解散後、今度は折口がころがり込んだ鈴木金太郎の小石川の下宿屋のすぐそばだった。

後年、小石川金富町での暮らしぶりを詠む『海やまのあひだ』の若き日の歌をみずから註するさい、折口は一言、暗澹とこう書きしるす。


「私がここへ越す数年前に、啄木は、この近くの床屋の二階で窮死しているのである」

——『自歌自註』昭和二十八年より

のちに国学院大学教授となった折口は、一人の特に心をかける弟子とつねに同居し、家を一種の学塾として開放した。親身に学生ひとりひとりの人生に関わり、旅や楽しみの時間を共にした。昌平館の師弟の共同生活が明らかに、彼の理想の〈感染教育〉のいしづえにある。収入のゆとりもある。今ではもっと沢山のことを学生たちにして上げられる。

しかし、至福の時はすでに飛び去った。大学とは最高の学問の府、学びにくる学生たちの多くは酒も煙草も女性も知っている。そして知性と感性にもかなりの色が付いている。学者や文学者たらんと目ざす野心ももつ。

彼らは、かつての小鳥やリスのような少年たちとは大きく異なる。中学生たちは、文学を好きだから折口を尊敬したのではなかった。折口先生が好きだから、先生の愛する文学とは大したものなんだろうと敬した。文学については素人だった。先生の教える連句や和歌を、楽しいゲームのように一生けんめい覚えた。逆に子どもたちが関心をいだく天文や植物について、折口先生も興味をもった。折口先生は、大きい兄さんのようだった。

この無邪気無垢、素人性が、異様に緊密な師弟関係を清澄なものにしていた面がある。ひるがえって大学教授とその門弟では、折口自身はそれを唾棄すべきものと捉えても、濃密で隠微な政治性が入りこむ。利害関係が発生する。

かつて子どもたちにそうしたように、身体をぶっつけ合ってご飯を食べおやつを楽しみ遠足にゆき、同じ気もちを共有しようとする先生に、困惑の表情をうかべる青年も少なくはない。大きなゆがみや屈折を曳きずりつつ、先生はしかし妥協せずに自身の理想とする愛の教育を続行しつづける。

悲劇である。無垢な白さのかがやく少年たちとは最高の形でつながりえた体験を、おなじ学者をめざす二十代、三十代の青年たちにほどこそうとした。双方が深く傷ついた。

理想の破綻を孤独とするならば、折口信夫はその意味では最も孤独な教育者、つまりは孤独な学者であったと言うこともできよう。彼の家には最晩年までも、子の代りに愛する門弟たちの声が若々しく響いてはいたのだけれど。通常の独身者ならば老年の長らくを覚悟する寡黙な独居生活とは、彼はついに無縁ではあったのだけれど。

かつての中学生たちは彼に感謝し、それぞれ異なる分野へ羽ばたいていった。先生はこころの灯台だけれど、その明りは遠くにあって、夢のように遠くにおぼろにまたたく。「子ら」は軽やかに飛び、親はそれを見送って老いる。

先生と大学で学んだ青年たちは、そう遠く離れられない。古代研究という球体に深く根をからませ合う。先生は灯台。いつまでもその光を消すことはできない。むしろいよよ明るくつよく光り、皆を照らさなければならない。しずかに幽かにフェイドアウトすることができない。なつかしい遥かな遠いせつない灯となることが許されない――折口信夫の大きな悲劇である。

雪の島の黒い瞳——写生と実感

瞳をみる。原始の所作である。

人を惹きつけたい時、惹きつけられた時、瞳をみる——恋か。人をはかり、挑む時、瞳をみる——戦いか。

古事記には、瞳のまわりに刺青をほどこし、霊威をはなち、麗しいおとめを我がものとした男神の物語がかたられる。

『遠野物語』には、瞳のきらきらと輝く異人が山から下りてきて、村の子どもたちを脅かす話が報告される。

目はこころの窓、と『遠野物語』の著者の柳田國男は言った。彼は二十代の抒情詩人の頃に、青く哀しい瞳をもつ少女と青年の悲恋の物語を書いている。ふたりが出逢った野原に咲きみだれる青い花の色を映す神秘的な少女の瞳は、彼女の悲劇的な死の予兆である。

明治浪漫主義の時代は、日本人に忘れられていた瞳やまなざしの呪力がめざましく文学芸術に復活し、花ひらいた画期点である。

女性が巫女としての霊力を失い、家の奥のうす闇に守られる〈家内〉に変容したためか、和歌をはじめとする古典芸術においては長らく、瞳の美が歌われ、描かれることはなかった。

瞳を美貌の象徴とし、そこに精神性をも託した先駆者は、森鷗外である。もちろん西欧の絵画や文学の刺激が大きい。

鷗外の青春小説『青年』(明治四十三〜四十四年)は、まさに〈瞳〉の小説といってよい。主人公の青年はみずからも澄んだうつくしい瞳をもち、周囲の人々を魅了する。その瞳で、彼もよく周囲の人の、とくに女性の瞳を観察する。深いみずうみのような瞳に、異性の神秘を探る。

こうした〈瞳〉の文学に、折口信夫は浸って育った。彼は特につよく、瞳やまなざしの力に魅せられた詩人学者である。

明治四十四(一九一一)年、二十四歳の中学教師の折口先生は、校庭でむじゃきに遊ぶ教え子たちを、このように歌に詠む。前掲『青年』とおなじ時期の作歌である。

はるしゃ菊　心まどひにゆらぐらし。瞳かゞやく少年のむれ

——歌集『海やまのあひだ』より

子どもたちの内面をみるのに熱心な先生だった。先生にとって子どもの瞳は、ことばつたない彼らの胸の想いを映す、きれいな澄んだ窓だった。

彼は天性の教師、そして民俗学者、歌人である。この三つの領域に身をおくことが、彼に瞳の力を痛感させた。

民俗学は旅をおもんずる。海と山のあいだに生きる人々との邂逅の感動を、その学の中心にすえる。とくに彼の〈古代〉への通路には、地方に生きる純な若い人のうつくしい瞳が光る。

『遠野物語』を読み、民俗学という新しい学問を知った頃、大正三（一九一四）年に彼は「口ぶえ」という自伝的小説を書いている。その中にすでに古代を透かし見る、神秘的な瞳のモチーフがあらわれる。

主人公の漆間安良（うるまやすら）少年はおおらかな古代にあこがれ、祖父の家にあたる飛鳥坐（あすかにいます）神社を訪れる。もう少しで原郷の神社にたどりつくという時、水辺で遊ぶ二人の少年に出会う。

彼らは「涼しい目をあげて安良をぢつと見た」。その目が忘れられない。安良は想像する。もしや二人は自分のきょうだいであり得たか。

生れたばかりの赤ん坊の自分を、彼ら二人がじっと見下ろしている。そんな未生以前の記憶を、安良は必死でかき探る。

「ものごゝろがついてから、逢うた顔ではない、といふ心もちがする。もつと〳〵、古い昔に見たのだ。或は、目をあいて夢を見たねんねいの瞳におちた、その影ではなかつたらうか、とも疑つた」

――「口ぶえ」より

〈古代研究〉を支える、遠い祖先から無意識に受け継ぐ記憶「間歇遺伝」の泉が、すでにここに噴き出ている。

未知の人の瞳を見る。距離をはかる。あいさつに代える。交感をはたす。まわりの自然の風光をとらえる――民俗学のたいせつな方法である。

加えて彼は歌びとである。〈写生〉を尊ぶ「アララギ」派に一時期、所属した。まじめな熱い人であるから、目でみたままをスケッチするアララギの写生精神をよく学んだ。

浪漫的な花やかな己が資質を殺し、しばらく〈写生〉に仕えたことが逆に、彼を独創的なもうひとつの写生――〈実感〉に開眼させた。

旅先で多くの写真を撮るように、写生派の歌人たちは訪れた地の風景や草木、土地の人を歌に誠実に写した。ウソのないのを誇りとした。

しかし旅の学問としての民俗学の道を進む彼は、その一回性の〈写生〉に懐疑をいだいた。ウソがない。目で見たまま。それはあまりに単純ではないか。いささか薄くはないか。

精魂尽きるまで歩き、何度も歩き、その感動を煮つめて真の感動を結晶させる。こころに唯一の映像が浮かぶまで、時を待つ。それは必ずしも、目で見た事実と一致しない。これが折口流の写生――実感。

折口信夫の独創的な方法〈実感〉については、その学問が多く語る。

「知識と経験との融合を促す、実感」

「資料と実感と推論とが、交錯して生まれて来る、論理を辿る」

「旅に居て、その地の民俗の刺戟に遭えば、書斎での知識の聯想が、実感化せられて来る」

——『古代研究　民俗学篇二』「追い書き」昭和五年より

〈古代研究〉とは実感の学である。折口における〈実感〉は、もっぱら学問の領域で読み解かれる。

しかしそれは、歌人の彼がアララギの〈写生〉に刺激され、万葉以来の旅の歌びととしての自負をもって切りひらいた、こころの窓に映る日本人の原風景をとらえるもう一つの写生法でもある。

*

折口信夫にとって、詩情と知の一体化する〈実感〉を、もっとも端的に鮮明に表わす民俗採訪記がある。

大正十（一九二一）年八月下旬から九月中旬にかけて。沖縄へ初めて旅した帰路、折口は壱岐（いき）の島へ渡った。一月ほど沖縄本島の北部、国頭（くにがみ）地方を中心に歩きまわり、何人もの村の女性祭司・ノロに会い、巫女の暮らしについて聞いた。実りは多かったが、ひどく疲れた。道を踏みはずし、崖から転落もした。何よりつらかったのは、汗。太陽に照らされ肌が塩を吹き、汗疹だらけになった。入浴の機会もすくなかった。もうへとへとや、と東京で待つ愛弟子の鈴木金太郎にはがきを出した。

その辛苦のせいか。壱岐の島の採訪記「雪の島」(昭和二年頃の草稿か)には、帰路につく安らぎがみちる。疲労の果ての恍惚感が波うつ。

まわりを純白の岩礁にかこまれる壱岐の島の異名は、雪の島。この島は昔、さかんに動いた。今もかすかに動くと伝えられる。ゆえに生きの島、でもある。

博多港から島へゆく船の中で、三十四歳の折口は海ばかり見ていた。もう一人、足に白い包帯をまいて通院するらしい島の少年が、やはり海を見ていた。折口は我ながら久しぶりのみずみずしい想いで、彼に魅せられる。「雪の島」より引く。

「行かぬ先から壱岐びとに親しみと、豊かな期待を持たせられたのは、先の程まで、私の近くに小半日むっつりと波ばかり眺めて居た少年であった」

「十六七だろう。日にも焦けて居ない。頰は落ちて居るが、薄い感じの皮膚に、少年期の末を印象する億劫そうな瞳が、でも、真黒に瞬いていた」

この後、摩訶不思議な魅惑的な文章がつづく。折口は「少年の思い深げな潤んだ瞳」に、壱岐の島に生きてきた人々の「内界」を視る。海原のただ中にぽつりと浮かぶ島の「古い生活の俤」を感受する。

少年の瞳は、この島に流されて都恋しさに嘆いた、世々の「流人」の瞳だ。還ることのできない青海原を日々みつめ、流され人はどんなに淋しくせつなかったことか。やるせなかったことか。そのはるかな愁いが、いま目の前で海を何時間も静かにながめる少年の瞳にやどる。

壱岐の島は、罪ある都の文化人が流されてきた島。その血を継いだ島びとは、静かな哀しい表情を自然にもつ。ことばも雅びだ。島の芸能・歌謡の礎は、流人がつくった。

それを調べにやって来た折口。船中で魅せられた少年の瞳に、島の文化を実感する。歴史をこえて、無数の流され人の瞳の憂愁の靄が、島全体を濃くおおうのを感じる。

壱岐の島。静謐な古いみやびな島。折口にとって、ここは古代の生きる島だ。純白の雪のなかに、黒い瞳の哀しくまたたく島だ。そして古代人の内界への扉を彼にひらいたのは、島の少年の蠱惑的な瞳だ。

「雪の島」は、『古代研究』第三部におさめられる。第一部に入る著名な「妣(はは)が国へ・常世(とこよ)へ異郷意識の起伏」にならび、旅の実感と知の融けあう詩人学者の本領のかがやく作品だ。

ところで折口には壱岐の島で詠んだ旅の歌もある。歌集『海やまのあひだ』におさめられる。その中にもやはり、島の若者の瞳が印象的にまたたく。

詩人学者は、古来より海部のいさどるという島の入り江を訪れた。そこでは今も目前に、海できたえた裸身たくましい若者が潜り漁をする。

その中の一人。深く潜り、しばらく船の縁につかまって苦しい息をととのえる。その無心の瞳が、はたと異邦人の折口を射た。こちらは、海の色を映す青い瞳。

船べりに浮きて息づく　蜑（あま）が子の青き瞳は、われを見にけり

一瞬の邂逅。恋に似る魅惑。太陽と海の光の下、旅びとは海に生きる若者の瞳の青に感電し、入り江や島の傾斜地に住み、海を畏怖して生きた日本人の「祖先の生活」をこころに焼き付ける。

この〈青き瞳〉にも、折口の独創的な実感が透けて見える。

紀行文の時代を歩く——松岡國男と田山花袋

折口信夫には何となく、心の底から好きな人にいつも振られる人という、哀しいイメージがつきまとう。

改めて思うと、なぜだろう。淡くはかなく哀切な、片恋の歌が多いからだろうか。自らそのように演出する癖もあったのだろうか。あるいは——折口は少年の日から老いるまで、情のあつい情の烈しい人。その過剰な思い入れについてゆけず、腰を引いて遠のく人がじっさいに少なくなかったからだろうか。

少なくとも、彼が生涯にわたり敬愛し、ひそかに焦がれつづけた柳田國男との関係性でいうと、彼はつねに振られる人だった。確実にそうだった。

これに関してはいろいろなエピソードがある。いつも折口の後にしたがい、柳田邸を訪れていた加藤守雄にむかって柳田は、たまには先生とでなく一人でおいで、先生の雌鶏（同性愛におけるおんな役をさす隠語か）になってはいけないよ、などとこれ見よがしにアドバイスしたという。聞いていた折口は柳田邸を出た後、衝撃で蒼白な顔をしていたと加藤は証言する。

一つには明らかに、柳田はいつまでも結婚というものをしない折口が目ざわりだった。いつも門弟とくっ付きあうようなその生々しい男たちだけの生活を、うとましく遠望していた。気が知れないと思っていた。

同性愛というものに根本的な嫌悪があるわけではない。柳田は抒情詩人の松岡國男時代はとくに、男どうしの友愛にたっぷりと浸って育った人である。

明治の世に、文学や哲学について語りあえる女性とめぐりあうのは奇跡に近い。深遠なことは、男どうしで存分に語らうしかない。

國男が早くから、次兄の井上通泰（みちやす）を通して知遇をえて可愛がられ、邸に出入りした森鷗外とても、どこかに濃密に同性愛的な傾向を有していた。彼の邸にはしじゅう青年時代からの親友の賀古鶴所（かこつるど）が来ていた。この人は鷗外が好きでたまらず惚れ込んでいて、ある時鷗外が寝ているところに訪れ、学生時代によくしたように鷗外の蒲団に自分も入り、長い間、一つ蒲団の中で二人でしゃべっていて、二度目の新婚の鷗外夫人を困惑させたという。

明治時代は皆が貧しかった。若い男の共同生活は奇異ではなかった。折口は国学院大学入学と同時に、若い宗教家と東京の下宿の彼の部屋に同居した。その後も、大阪今宮中学の教え子の少年たちと本郷の下宿屋の二階を借り切り、一緒に住んだ。

石川啄木も親友の金田一京助の下宿に転がりこみ、金田一が二人の生活を支えた。泉鏡花は金沢から十七歳で上京し、一年間ほど同郷の医学生らの下宿に居候した。彼らとともに転々と居場所を変え、かなり放埒な生活をおくった。同類相あわれむ。折口は、鏡花のこの頃の謎めいた生活につよい関心をいだいている（折口信夫「明治文学論」昭和十九年）。

志をいだいて出京する青年たちはみな貧しく、原始共産的な共同生活でどうにかしのいだ。たぶん鷗外と賀古鶴所のように、ひとつ蒲団で寝るなども普通だったのだろう。

師の膝下で寝起きをともにしてこそ学の精神が伝わるという、家塾の伝統もある。保坂達雄氏が、論考「折口信夫と新仏教家　藤無染（ふじむぜん）」で指摘するように、明治の青年の共同生活はごく自然である。

しかし、職を得た時が一つの区切り。定収入を得て結婚し家を立て、共同生活と訣別するのが男子の本道である。

そのモードを切り替えずにいつまでも青春のスタイルをつづける折口が、〈家〉を立てることから逃げる折口が、まことにだらしないと柳田には思えたのにちがいない。

國男は二十九歳で恋の浪漫を断念し、大審院判事の四女の柳田孝と養子縁組結婚をした。その際、のたうち苦悶した。彼にとって、恋愛を捨てるのは文学を捨てることだった。

結婚とは何か。家のなかに妻がいて、義理の親がいて、自分の位置はどこにあるのか。悩んだ末、苦しい通過儀礼としての結婚を飲み下した。それはいったん若々しい自分が死に、その死灰から再生するような辛さだった。

その苦悶のさまは、当時一番の親友だった田山花袋に頻々と発した若き日の柳田の大量の手紙によくうかがわれる（『田山花袋宛柳田国男書簡集』）。

　本もよく読めない、頭がぼうっと鈍い、眠れない――明らかに新婚当時の柳田は、神経衰弱におちいっている。

　自分は以前の、文学を愛する若々しい自分とは全く異なる人間になってしまった。しかし「君とハ猶霊界の最上天に於て相会す」ることを約束すると花袋に誓う。

　悲壮である。柳田を中年以降も長く苦しめた神経衰弱は、この時の懊悩が一つの大きなきっかけかもしれない。

　そうした苦しみを回避し、子どものような無責任な共同生活をつづける男。家を立てずに、自己の気ままを貫く男。〈家〉の新しい〈先祖〉となる気概を核として自身の人生を立て直した柳田の目には、折口とは実に怠慢な民俗学者と映ったのかもしれない。

　誰に対してもそうした峻厳が、柳田にはある。それに折口が結婚してくれないと、柳田は困る。実害をこうむる。

　自分を尊敬してくれるのはいい。折口にはゆたかな個性的な発想がある。刺激されることが多い。学問について語らうのは有益だ。

　しかし彼の情はあまりに熱く、常識をかえりみない。自身の真情まっしぐらで来る。実生活については西欧的な個人主義を旨とする柳田は、その猪突猛進の敬服が異様に思え、うとましく不気味でもあり、時に振り払いたくなる。

柳田の夫人の証言が残る。柳田と折口が知りあった頃、柳田は貴族院書記官長をつとめ、妻子ともに官舎に住んでいた。

柳田が高木敏雄とはかり、創刊した日本初の民俗学研究誌「郷土研究」に、無名の折口が、故郷の大阪木津村周辺の民俗採訪記「三郷巷談」を投稿して採用され、柳田に認められたのは大正三（一九一四）年春。

それを契機に、折口は初めて柳田と会った。池田彌三郎氏の推定によればそれは、大正四（一九一五）年六月九日。新渡戸稲造邸で催された「郷土会」のときであるという。

以来、折口は柳田をひそかに生涯の師とさだめ、夢中で教えを乞うた。当時の折口は無職。本郷に下宿住まいし、教え子たちとの共同生活のための借金さえ背負っていた。その代わり時間だけはたっぷりとある。

柳田の勤めの終わる夜に、しげしげと官舎を訪れた。夫人の証言によれば、前の晩おそくまでいた折口が、次の日の朝に雨戸を開けるともう、門のところに立っていたこともあるという。折口の顔は陽気とはいえない。夫人は少々恐かったのではないか。柳田のところには始終、友人の文学者たちがサロンのように出入りしていた。しかし、こんな非常識な人はいなかっただろう。

柳田という人の談話はそれくらい、知的な驚きにみちていた。彼と話すことは素晴らしい愉悦だった。万人を魅了する詩や小説の朗読者、語り手でもあった。西欧の新しい学芸の動向にも実にくわしい。柳田自身も語ることが好きだった。

しかしこれは堪らない。もっと常識的に距離を保ってくれなければ堪らない。折口が結婚すれば、おのずと家庭という垣根ができる。しかし彼はいつまでも独身、自己の情熱にもっとも忠実である。よくいえば純、わるくいえば大人にならない。ああ、面倒くさい。

自分とは異質の人間であると柳田はつくづく嘆息づき、何とか上手に距離をとろうとしたにちがいない。そう君としばしば話し込んでは、勉強の時間がなくなるので失敬するよと、はっきり言ったこともあるかもしれない。

夜を徹して貴重な山の栃の実を粉に砕いて、丸めて栃餅をつくり、柳田邸に持っていったけれど、素人のつくった栃餅は固くて、ちょっと食べるふりだけしてすうっと餅の箱を脇へ押しやった柳田。

先生を招いての勉強会とあれば、先生の好物の饅頭や甘いもの、煙草を潤沢に用意し、自ら天ぷらまで揚げる折口。それに対し、柳田は饅頭を賞味しつつ「これは贅沢だ」とつぶやき、「天ぷらをこんなに上手に揚げる人が、はたして学問の道に精進することができようか」と、首を傾げてみせる。

いつも少し、空振りしている。いつも少し、外されている。これが対柳田との関係性の、折口の常なる役割である。

この関係性は不思議に――柳田とその親友の田山花袋との関係性をほうふつさせる。柳田にいつも少し冷たくされる花袋の相貌が、折口の相貌と重なる。

柳田國男と田山花袋の友情は、日本近代文学史における大きなトピックである。彼らの友情はそれ自体が、清新な文学運動の球体でもあった。ここも、柳田と折口の関係によく似る。

花袋は二十一歳の時に、前年入門していた京都の公家出身の松浦辰男の歌塾で、十六歳の松岡國男と出会った。この色白の頭脳すぐれた蒲柳（ほりゅう）の少年に、つよく魅せられ、親友となった。

互いの家庭環境も似ていた。國男の家は学者。花袋の家は士族。両家とも明治維新で零落し、故郷にいられなくなり、東京へ出た。

二人はともに兄がかりの身であった。貧しく係累の多い家を背負う兄たちの苦労を、子どもの頃からつぶさに見て育った。狭い家で嫁姑の葛藤が起き、若い兄嫁たちが犠牲となった。彼女たちは花の盛りで夫と離別し、あるいは病み、死んだ。

まだ少女のような義姉は、少年たちの初恋の対象でもある。恋の詩人・松岡國男の出発は、幸うすい優しい姉への慕情にあると言ってもよい。

新しいしなやかな若者の感性を、音楽的なやまとことばに託して宣言した新体詩集『抒情詩』（明治三十年）。そこに友人の花袋や国木田独歩、宮崎湖処子らとともに参画した國男は、「野辺のゆきゝ」と題する詩篇を発表した。恋の詩人のデビューである。

この「野辺のゆきゝ」とはつまり、家の犠牲となって息絶えた兄嫁に捧げる鎮魂詩と言ってよい。

特に——次兄の妻の井上マサは、國男の幼なじみ。透きとおるような美少女だった。故郷の野原でいっしょに遊んだ。マサは東京の明治女学校で学び、十五歳で結婚し、新居で姑と同居した。心身を擦りへらし、十八歳で病死した。

「野辺のゆきゝ」序文末尾には、このつたない詩に耳を傾けてくれるのは、母と「常に我を憫みたまひし姉上」であり、それらの大切な人々はみな死者であると述べてある。

彼らの墓標に向かい、ともに過ごした故郷のまぼろしを歌うのだと詩人は宣言する。

國男に実姉はいない。明らかに「姉上」とは兄嫁で、しかも幼なじみとして故郷で「いっしょに育ったような」(『故郷七十年』)、次兄の妻の井上マサ女を鮮烈にイメージすることはほぼ疑いない。

「ふるさと」は、なつかしい「をさなあそび」の地。しかしそこには今、ともに楽しく遊んだ少女の墓標がしらじらと立つばかり。國男は歌う。

たのしかりつるわが夢は
草生るはかとなりにけり、
昔に似たるふるさとに
しらぬをとめぞ歌ふなる、
さらば何しに帰りけん、

をさなあそびの里河の
汀のいしにこしかけて
世のわびしさを泣かむ為、

――「年へし故郷」

「野辺のゆきゝ」と同時期に國男が書いた小説「露わけ衣」（明治三十年）もまた、亡き姉へのオマージュにみちる。

季節は秋。小説の語り手は、露けき野辺で花摘む少女に呼びかける、「君よ、野辺には出でたまふとも、萩の花は採りたまふな」と。

なぜなら萩の花は、特に白萩の花は、姉のための花。「いつの年の葉月にか、姉なる人のなき霊をまつるとて、此花を手向けそめしより、我為にはことなる思出草となりたる」ゆえに。どうか摘んでくれるなと少女にたのむ。

野に咲く淡い儚い花、撫子、百合、月見草、つゆ草、わすれな草はみな、亡き姉に捧げられる。いつのまにか目の前で花摘む少女さえ、ありし日の姉の面影に重なり、語り手は少女を失う予感に胸ふるわせる。

柳田にじっさいの深い仲の恋人がいたことは、岡谷公二氏の一連の詳細な研究調査によって、すでによく知られる。その人は、國男が長兄とともにすんでいた利根川沿いの布佐の町の魚屋の娘、伊勢いね子である。

しかしそれ以前、もっと幼い淡い初恋ももちろんあって、國男がとくに愛した一人は、ほぼ同い年で広い井上家の庭でよく一緒に遊んだ「顔の非常に綺麗な、色の白い人であった」(『故郷七十年』)兄嫁、マサ女であったに相違ない。

マサは十一歳頃から東京で教育をうけ、明治二十二(一八八九)年に國男の兄の通泰と結婚。その新居に翌年、國男が身を寄せ、続いて松岡の両親も同居した。マサは十八歳で身重のまま亡くなった。この愛する少女の悲劇を國男は、最も身近につぶさに見ていたということになる。

その哀切な〈姉〉の面影も、彼の抒情詩の母胎をなす悲しみの音色である。

花袋は花袋で、身重のまま亡くなった自分の長兄のうら若き優しい妻の悲劇を、長篇小説『生』(明治四十一年)、『時は過ぎゆく』(大正五年)などで克明に描いた。

老いた圧制者の母。東京の「小さい三間位の家屋」で、郷里の大家族をそのまま背負う長兄。先祖のおこした家職が子孫を養う〈家〉は崩壊したのに、親への絶対服従を強いる道徳だけは生き残る。

花袋が小さい頃から知る「綺麗なやさしい好きな」兄嫁も、毎日の姑の苛烈な叱責にやつれ、花の盛りで死ぬ。長兄はしだいにやけになり、家庭は崩壊した。いさかいが絶えなかった。

花袋研究家の岩本由輝氏は、小説『生』で花袋はおそらく「自分の母と柳田の母とを二重写しにしている」と指摘する。少年の頃から花袋と國男は、酷似する互いの家庭環境の悩みを話しあい、創作の主題を深く共有していた。そう推量する。

柳田は後年、『故郷七十年』で生家の悲劇の一端を打ち明け、それが日本の〈家〉の歴史の解明をめざす新しい学問・民俗学をひらくつよい動機になったと述べる。

花袋が猛然と、自身の家と家族の歴史をつづる長篇に着手し、私小説の礎をなしたのも、おなじ原因による。

民俗学と私小説。分野は一見まったく異なるけれど、両者は初発の志を分かちあうのである。伝統的な大きな〈家〉は、家族を支えきれなくなった。若い世代は都会で丸腰で働く。なのにオヤへの絶対の服従を強いる道徳だけはそのまま。若い世代はリスクのみ負い、力尽きて倒れる。このことへの怒り。新しい時代の新しい倫理を求める声。古びた儒教道徳からの脱却を求める主張。これこそ、柳田の『遠野物語』の、花袋の一連のルーツ小説の、烈しい主題である。

＊

初発の主題をこんなにも共有する柳田と花袋であるのに、しだいに関係が疎遠になる。その契機は花袋の話題作『蒲団』にあると、文学史上では言われる。妻を裏切り、若い女弟子の蒲団の匂いをかいで泣くような中年男の告白が、柳田にはいたく不快だった。私小説がそうした醜い自己をほじくる狭く暗い穴に入ることが、柳田には我慢ならなかった。それに柳田は昔、大学生の身で花袋夫妻の仲人をつとめたのである。不倫小説に加担はできない。

しかしそれは一つの理由にすぎない。自己の内面を打ち明けすぎた人間が、打ち明けた相手を微妙に憎みはじめるという不条理は、柳田にも当てはまる。

柳田は青春の日々、親友にあまりにも多くを打ち明けすぎた。自身の秘密のすべてを把握される脅威を花袋に感じた。また花袋の方も、悩める親友の美しい絵姿に心酔するあまり、若書きの多くの小説に明らかに國男を写す美青年詩人を、あまりにも登場させすぎた。

柳田は花袋を、自分の昔をよく知るなつかしい人とは思う。しかし徐々に憎みはじめる。まつわりつくように自分に濃密な関心を向ける花袋を、振り払う。直情で純な彼の鈍感を憎む。

ほぼ独学で勉強しぬき、〈客観描写〉とは何かという客観主観をめぐる矛盾にみちた問題に引っからまり、自分の仕掛けたトラップに自分で囚われてそこから脱出できない花袋を、熱心だけれど少しバカなんじゃないかと薄ら笑いを浮かべ、見ている感じが柳田にはある。

この薄ら笑いの感じは森鷗外にも濃厚にある。時代にぬきんでて西欧の知見を把握する視野広く、すぐれて明晰な人に特有の要素であろう。この薄ら笑いが、彼らを冷え冷えとした孤独者にする。

そしてそうした冷嘲的な孤独に、深く魅せられる情熱の人がいる。この孤独な魅惑者から生涯離れられず、魅せられつづける人がいる。

報われない想いに、創作の情熱をかきたてられる類いの人である。人の優位に立つよりむしろ、美しい儚い存在の前にひれ伏したいと願う人である。

それが花袋である。また、折口である。柳田國男という輝く白皙の存在を真中に置いてみる時、田山花袋と折口信夫の肖像は、双生児のように似通う。

花袋はそのことを自覚していなかったろう。花袋が最もつよく柳田に魅せられ、その側に位置していた時代には、折口はまだ無名の少年あるいは青年だった。

しかし折口の方はもちろん、柳田とならび国木田独歩や島崎藤村とならび、西欧文学の教養をもって清新な抒情詩の世界をひらき、連接して小説界にみずみずしい青春文学を開拓した花袋を尊敬し、愛読していた。折口には、彼らの文学も、彼らの友情も、おおきな魅力だった。

若者どうしの友情は、〈家〉や〈血〉を超える新しい絆である。この絆が未来をひらく。

特に純情な花袋はぬきんでて友情を至上視する。文学を愛する人間を腹の底から信じた。誰にでも人なつこかった。花袋の若い頃の随筆や小説は、たぐいなく輝く友情の記でもある。國男のみならず、太田玉茗（ぎょくめい）や独歩とも本当の兄弟のようにつきあった。独歩とは、日光の寺で二人きり、二カ月に及ぶ自主文学合宿もした。物資も乏しい日光で粗食に耐え、毎日ギリギリの限界にいどみ、書いた。

その代わり、山々がつつじの花の色に染まる秘境を探る散策が、花袋と独歩の何よりの楽しみだった。花袋の紀行文「春の日光山」（『南船北馬』所収）は、その体験をつづる。明治の若者のハイキング姿が清々しい。

「国木田君は洋服を着け、草鞋を穿ち、腰に一枝の匕首をはさみ、肩に主僧より与へられたる一瓢の酒を荷ひ、飄々然として立つ。われは平服平装、脚に脚絆をつけず、頭に帽子を戴かず、只一枝の蝙蝠傘を大刀のごとく腰にはさみたるのみ。門を出で丶数歩、右に男体女峯の屹然として深碧なる大空に聳立したるを認む」

洋服に草鞋の和洋折衷のスタイル。独歩は匕首を、花袋はこうもり傘をもつ。散策とはいえ、深山幽谷をゆく。土地のひらけた現代よりもっと覚悟がいる。狼や猪が現われるかもしれない。そんな時の武器になる。

若き折口も旅する時は必ず、大きなこうもり傘をたずさえた。花袋の紀行文に教えられた知恵かもしれない。

明治三十年代の文壇に青春の文学をひらいた『抒情詩』のグループ、そしてそこから展開する彼らの初期自然主義小説とは、若々しい友愛の文学であり、列島の現実を見つめ直そうとする旅の文学でもあった。

藤村も、独歩も、國男も花袋もよく旅をした。近代の若き西行や芭蕉をめざした。とりわけ花袋は旅の達人である。日本地理の仕事もしていた。江戸時代の文人の旅行記もよく読み、勉強していた。秘境も好んであるいていた。

革命的な告白小説『蒲団』以前の彼は、列島の海と山のあいだを精力的に旅して廻った名紀行文家である。

青少年に大きな人気を博した花袋の紀行文は、若々しくて実用的で親切で、一つ上の世代の遅塚麗水や大町桂月、久保天随、坪谷水哉、大橋乙羽といった紀行文家たちの古典趣味、文人趣味とは一線を画す。

若くてお金もない。けれど夏休みや春休みになると、旅ごころを誘われてどこかへ行きたい。列島の未知を歩きたいとうずうずする。そんな沢山の若者たちに、旅じたくや船・馬車の旅の心得、一日に可能なあるきかたまで具体的に教えてくれる優しい兄貴が、花袋だった。

明治五（一八七二）年に初めて鉄道が開通し、以来、一八〇〇年代末から一九〇〇年代初頭にかけては最初の私鉄「日本鉄道」も創設され、公私の全国的鉄道敷設が展開する。旅と鉄道の時代、紀行文の時代の幕あきである。

折口信夫も旅にあこがれる〈紀行文の時代〉の少年として、親切で浪漫ゆたかな旅の達人・花袋に出逢っている。花袋の文学的かつ実用的な小型の紀行文集をポケットに入れ、初めて海と半島への旅をこころみた。

新しい民俗学の大きな特徴は、旅の学問であること。『古代研究　民俗学篇二』の巻末の「追い書き」で折口はこう述べる。

「私は、過去三十年の間に、長短、数えきれぬほど旅をして来た。（中略）私の記憶は、採訪記録に載せきれないものを残している。山村・海邑の人々の伝えた古い感覚を、緻密に印象してえた事は、事実である」

古代研究は、乏しく残る書物の知識だけではなしえない。苦しく辛い多くの旅の経験が書物の知と溶けあった時、研究者のこころと身体に〈古代〉を実感させる。折口はそう信じた。

柳田國男も旅の達人だった。折口はその後ろ姿をひたすら追い、旅を始めたように考えられがちである。けれど國男の傍らには、時代をひきいた名紀行文家、花袋がいる。花袋を忘れてはならない。むしろ手取り足取りまず折口を、初めての困難な旅に連れ出し、〈海やまのあひだ〉のテーマをもたらしたのは、花袋であった。

年少の頃から折口は、花袋が大好きなのである。無垢な情熱家として柳田の最も近くにいた花袋が、何ともいえず好きなのである。花袋こそまず、古代研究の苦しい旅の先をあるく第一の人である。

折口は、紀行文のなつかしい香気を残す花袋の小説を、生涯高く評価していた。晩年になっても折にふれ、花袋の文学は大人の哀愁の文学だね、と語っていたという。

＊

それにしてもなぜ皆、花袋の哀愁にみちた美しい紀行文を忘れてしまったのだろう。
かつて花袋の紀行文は一世を風靡した。大正や昭和期に活躍した作家の創作にも深く浸透した。芥川龍之介は、野原を走る驢馬のように若々しく自由な花袋の旅の感激を愛した。すでに折口の弟子の加藤守雄が気づいたように、川端康成の『雪国』は、花袋の名紀行文「雪の信濃」の濃い刺激をこうむる。

柳田國男の『遠野物語』のある面も、親友の花袋と旅し、あるいは旅の経験を話しあい、啓発しあって生み出されたものである。列島の歴史は、山国の歴史。太古からの山と日本人とのつきあい方の歴史を知ろうとする『遠野物語』の主題は、二人で発想したと言ってよい。

しかし近代史に『遠野物語』は民俗学の草分けの書として燦然と刻印され、多くの青少年の旅ごころを騒がせた花袋の一連の紀行文の存在ははかなく忘れられ、消えてしまった。こうしたアンバランスは、文学史にしばしばあるとはいうものの、無常を覚える。

幸いにわたくしは大学生の時に、少年時代に読んだ花袋の紀行文のよろしさを嘆息まじりにしみじみと語る折口の近代文学論を通し、明治三十二（一八九九）年刊行の花袋の初の紀行文集『南船北馬』の名を知った。

大阪今宮中学校に教師としてつとめていた時期に折口は、同僚の石丸梧平に声をかけられ、宮武外骨を主幹とする「日刊不二」新聞に時々、文芸評論や短歌、小説を発表していた。

大正三（一九一四）年一月二十八日。二十六歳の折口は「一月の文壇（中）」と題し、花袋の新作の小説「一握の藁」を評した。その中にこんな一節がある。

「青年時代の花袋氏が行き逢う人も稀な熊野路の旅に道づれになった若い郵便脚夫と再度道にわかれて、淋しい旅行をつづけたあの頃の心もち（＝南船北馬）がこの「一握の藁」に到って蘇って来た。（中略）氏はこの心もちの起ることによって常に浄められ、芸術や恋愛に対する敬虔の念に生きることが出来るのである」

花袋へのなみなみならぬ美しい好意と情愛が光る。

若き日の折口に、花袋の旅の文章は、特にその『南船北馬』は、一つの救いのようなものでさえあったのではないか。

花袋の「力ある小説にはすべて」若々しい紀行文の旅の感動がみなぎる、と説く折口の評言には、自身の創作と学問の誕生の秘密を語るような感じもただよう。

ところで『南船北馬』の中心となるのは、明治三十一（一八九八）年三月、二十六歳の花袋が挙行した志摩・熊野への大きな旅である。

この旅は花袋にとって大切なもので、この旅の経験をもとにした紀行文を次々に書いた。『南船北馬』にはそのうちの四篇、「志摩めぐり」「北紀伊の海岸」「熊野紀行」「月夜の和歌浦」がおさめられ、一冊の中核をなす。

この四篇を順序立てて読むと、紀伊半島を、主に徒歩と船でめぐる花袋の足跡が詳しくわかる。その結果、折口の初期の創作と学問はかなり深く花袋の旅の思想に浸り、その水源から出発していることも判明する。

この事実についてはかつて、拙著『折口信夫　独身漂流』にて詳細に論じたことがある。今はかんたんに確認だけしておこう。

明治四十五（一九一二）年、二十五歳の八月。折口は今宮中学校の教え子の二人を連れ、志摩・熊野へ十三日間の旅行をした。船と徒歩による苦しいものだった。

後に北原白秋から〈黒衣の旅びと〉という異名を授けられる折口であるが、こんな大きな旅は初めてだった。教え子とともに二日間、雨の多い大台ヶ原の山中で迷い、さまよいもした。

海と山のあいだを彷徨するこの旅こそ、彼の〈古代研究〉の起点である。身をもって、原生林と迫る海が人間を畏怖させる古代の列島の記憶をあるき、水平線のかなたへの古代人の熾烈なあこがれを実感した。

彼は自身でこの主題に〈海やまのあひだ〉というイメージを与えた。それは、釋迢空として大正十四（一九二五）年に刊行した第一公刊歌集の題名でもある。

聖なる熱帯樹タブをたずさえ、長い年月のあいだに次々に海を渡ってこの列島に移住した祖先たち。舟を降りて、まず彼らは山と海の相迫る狭いわずかな平地に棲み、目前の海と山を畏怖して生きた。

彼の古代学は、その畏怖とあこがれを、日本人のこころの歴史として追い求めることをこころざす。

著名なことばがある。〈古代研究〉の始動としてのユニークな異郷論「異郷意識の進展」（大正五年）にて折口は、この時の半島の旅の感慨が異郷論の礎であることを自らかえりみ、こう述べる。

「数年前、熊野に旅して、真昼の海に突き出た大王个崎の尽端に立った時、私はその波路の果に、わが魂のふるさとがあるのではなかろうか、という心地が募って来て堪えられなかった。これを、単なる詩人的の感傷と思われたくはない。これはあたいずむから来た、のすたるじい（懐郷）であったのだと信じている」

この始まりの旅に若い彼を連れ出したのは、実に花袋なのである。

折口に『安乗帖（あのりちょう）』という自筆歌集がある。明治四十五（一九一二）年夏の志摩・熊野の旅で詠んだ歌を同年冬にまとめ、親しい友人にだけ配った。百七十七首。これが第一公刊歌集『海やまのあひだ』の原形である。

ところでこの『安乗帖』には詳しい旅程を記す前書きがあり、これを花袋の『南船北馬』と比べると、紀伊半島を旅する花袋と折口の足跡が酷似することがわかる。

のみならず、『安乗帖』の歌作には、花袋の紀行文の内容と呼応しあう内容を持つ歌も目だつ。一例をあげよう。折口も触れるように、『南船北馬』の大きな山場は、花袋が夕暮れの北紀伊の峠道で一人の少年郵便脚夫と出会い、彼と道づれになって海と山のあいだの淋しい路をあるいてゆく場面である。

しきりに都会にあこがれる少年に東京の話を聞かせながら、花袋は都会生活に失望して旅する自分の人生にも、山中で一生を終える少年の人生にも哀愁を感じ、深いため息をつく。花袋文学の本質としての生のさみしさを歌う。紀行文「北紀伊の海岸」より。

「路はいつか絶壁の間を過ぎて、次第に山路へとかゝり始めぬ。以前の帆影は既に錦浦の湾内に入りて見えずなりぬ。（中略）思へ人々、このさびしき海と山との間を、とぼ〳〵として過ぎ行く二人の胸にはいかに異（ことな）れる感のみちわたりたるかを。一人は若き血胸に漲りて、頻りに将来を夢みつゝあるに、一人ははかなく苦しかりし過去の経験を思ひて、ほと〳〵絶望の思に沈みつゝあるにあらずや。

あはれこの二人の姿！」

「さびしき海と山との間」ということばが注目される。折口の〈海やまのあひだ〉の主題はここにルーツをもつ。『安乗帖』には、この場面に明らかに影響をうけた歌もある。

道づれとなれる若人　そが一人　口ぶえ吹きて淋しき夕

花瓦斯（はながす）の火かげにぎはふ町のこと聞きつさしぐむ山がつの子よ

ポケットに小型の『南船北馬』を入れ、二十五歳の折口は花袋の懇切で情熱的な声に導かれ、夏の光かがやく半島への旅に出たのだろう。

折口は、にぎわしい市場町に育った人。金の流れに沿って人々がさかんに競い働き、おいしいものを食べ、面白いものを見、生きる活気を追求する町の人生をよく理解する人である。

それが一つ、折口の創作と学問のつよみである。町の人生からも古代が見える。しかしもう一つ、海と山のあいだに自然を畏れて生きる人生の知へと折口を導いたのは、早くには花袋の紀行文の力が大きい。同時代の文学の底力である。

なみだと純情。さびしさ、はかなさ、うら淋しさ。自分の境涯だけを深掘りに悲しむエゴイズムから脱し、縁もゆかりもない人々との共感の輪として胸の底にひろがってゆく感動、感傷。

そうした涙と純情の価値を、花袋はよく知っていた。そして花袋の文学の哀愁の価値を、己が歌において特徴的に「さびしさ」「かそけさ」「ひそけさ」として結晶させた折口ほど、よく理解し敬していた文学者は他にはいまい。

田山花袋と折口信夫。二人の文学者の肖像は微妙に響きあい、似通う。二人はともに、あふれる情熱の人だった。なつかしい濃やかな人の情けを生涯、切に求めた。固定しない文学者だった。自身のつくりあげた境地に安住するのでなく、それを壊し、殻を破って何度も生まれ変わることをよしとした。少なくとも折口は、そうした稀有な文学者として、花袋を高く評価していた。

花袋の清らかな抒情的な明治三十年代の紀行文に浸って育った折口にとって、中年男の性欲をむくつけに描く明治四十（一九〇七）年の『蒲団』は、やはり全的には賛同できない作品であったろう。けれどそのように、自身で築いた世界を壊す花袋が、折口は好きなのである。抒情に籠居せず、苦しんでそこから打って出る花袋のたくましい命の力と勇気を愛するのである。

すばらしい眼をもつ文学史家の正宗白鳥も、その作の巧拙はともあれ、時代に「私小説」の革命を巻き起こした花袋を、凄まじいエネルギー体として高く評価していた。

白鳥いわく、「花袋の『蒲団』の表面的にも内面的にも、日本文学史上、不思議な威力を蔵している作品であることを、私はこのごろになって痛感した。あれは一種の革命家の宣言書である。花袋とは、現代の小説道の先駆者である」（正宗白鳥『文壇五十年』）。

自分と同質の要素のある文学者として折口は花袋を見ていたし、少年のころから花袋を読みこんで、文壇のプロ集団がせせら笑う花袋文学の感傷や涙のよさも、知りぬいていた。

一生、花袋のよさを忘れなかった。五十七歳のときに口述した「明治文学論」のなかでも、花袋についてこう述べる。

「たとえば、彼の若い時分の紀行文において書かれた、熊野路の郵便脚夫の記述のようなものは、文章はなるほど、力の薄弱なものではあるが、そういう文にかこわれたしみじみした、明るい憂鬱な内容が、ほとんど、文章を他にしてわれわれの心を動かした。そして、いまも思い出すごとに心を揺する、そういうよさは確かにある」

しだいに柳田と疎遠になった花袋の方は、柳田のすぐ脇に位置する民俗学者の折口信夫が、こんなに自分の文学を評価していたことを遂に知らなかったのではないか。

ところで花袋は、若き日の小説のみならず、紀行文にも敬愛する大切な親友の國男の姿を、情感ゆたかに描いた。

『南船北馬』におさめられる、とびきりの名紀行文「伊良湖半島」など、その最たる例である。

胸の病気で夏を半島の海辺ですごす國男のもとに、花袋が訪れる。

二人は夜の浜辺をあるく。遠く対岸に、志摩半島の安乗の岬の灯台の灯りが赤く明滅するのが見える。「友」つまり國男は、こうつぶやく、「人生にも、これと同じきやうなるはかなき事いくらもあるべし。はかなしとは思ひ給はずや」。

もちろん、こうした花袋の紀行文の美しい友情のシーンを少年時代から折口は読んでいて、まだ見ぬ詩人学者の國男にあこがれをつのらせていたことが充分に想像される。

そして折口も、花袋のように書いてしまうのだ。あこがれる詩人の姿を、自分の小説に。

二十七歳のときに書いた未完の「口ぶえ」という小説が、折口にある。そのなかに中学時代の折口の分身、主人公の安良が旅の途次、ある慕わしい青年と出会う場面がある。それはふと駅で邂逅した、なよやかな月見草のおもかげと重なる「いひしらずなつかしい」初対面の「若者」。その名は、「柳田」。「口ぶえ」から引こう。


「その若者は、畑の中を横ぎつて、半町ばかりさきに見える堤の方へ進んで行つた。月がゆら／＼と上つて来た。夏涸れに痩せた水は、一尺ほどの幅で彼の足もとを流れた。月見草が、ほの／″＼と咲いて、そゞろはしい匂が二人を包んだ。若者は磧(かわら)に腰をおろした」


あこがれるあまり、書いてしまう。こんな熱情も、花袋と折口は共通する。じつは折口はそれどころか、柳田がひた隠す若き日の悲恋をぜひ、創作に書きたいという執着さえもっていた。自身の創作と学問がそうであるように、柳田の詩的な民俗学の根底には青春の悲恋の体験が、青い光源として横たわることを直感し、それを描きたいと願っていたらしい。

柳田孝と結婚したさい、國男はみずからの悲恋の経過をつづった恋愛日記を、親友の花袋に預けた。花袋はそれを一人で守った。その日記の存在がうすうす出版界にかかわる人々に知られるのは、花袋の死後、その孫の代になってからである。

おそらく折口は弟子の出版社社主、角川源義を通じてその恋愛日記の存在を知り、ゆくえをいたく気にしていた。何とかそれを手に入れ、師の若き日の恋の謎を解こうとしていた。

晩年に特にその思いはつのっていたらしい。近しい弟子たちの証言がある。昭和十九（一九四四）年一月、五十六歳の折口は愛弟子の加藤守雄を連れて河口湖湖畔にあそび、山梨在住の弟子、大森義憲も呼んで昼飯をしたためた。そのさいの折口の話題は終始、柳田の恋についてであった。烈しい語勢で、柳田の恋を「中心としての物語を書いてみたい」と語りつづけたという。加藤と大森は驚いた。

そして死の間際までも。角川源義が折口の亡くなる二週間ほど前、箱根の別荘で療養する師を見舞ったさい、折口は衰弱し、錯覚や幻視がおきるなか必死で「柳田先生の学問というのは、恋愛を抜きにしては語れない。それが書けるのはわたしだけだ。わたしはそれを書いておかなきゃならん」とくり返し角川に語ったという。

柳田は若き日の恋について黙秘しつづけた。悲恋をうたう己が抒情詩を全集に入れることも、厳しく拒んだ。その過剰な拒否がかえって、魅惑的な謎を生んだ。

その謎に特につよく魅せられていた文学者が、柳田のすぐ側につねにいた。すなわち、花袋と折口。

花袋については、自分の秘密の恋をいつ書かれるかと、柳田は始終冷や冷やしていたはずだ。

それも花袋をうとましく思う大きな要因の一つだったにちがいない。

しかし柳田にとり、折口はまったくのダークホースであったろう。よもや学問の世界の人である彼が、自分の青春の恋の秘密に熾烈な関心をいだき、あまつさえその恋を小説にして柳田國男論にしようとは、柳田は想像だにしなかったであろう。

けれどおそらく花袋の若々しい声に導かれて〈紀行文の時代〉を自らもあるきはじめた二十代の日から、折口は花袋の熱烈な友愛に共振しつつ、松岡國男の哀切な恋にあこがれ、いつか小説に書きたいと願っていたのに相違ない。

自ら宣言するように、詩人学者の折口にとって小説とは、学問とたがいに補いあう、学問の特異な一つの表現形式でもある。

恋人の遺骸を利根川に舟で葬った記憶を胸に沈める若き日の松岡國男の慟哭を追うことをとおし、日本人の祖先が稲をたずさえ南から舟で大海をさまよってこの列島にやって来たと説く、柳田の学問の礎をなす〈海上の道〉の詩学の輝きの始原を解明しようとしていたのではないか。

それは折口にとり、東に日輪があかあかと生まれ、西の海に壮麗に落ちる、さいごの『死者の書』となるはずだった。

書きたいと願っていた。書けるのは自分だけだとも自負していた。なのに花袋も折口も、ついに焦がれる人の壮大な恋の小説を書けなかった。

やはり、柳田をはさんで二人は似ている。ゆたかに魅せられる人。熾烈にあこがれ、恋されるより多く、恋する人。

魅惑する人と、魅惑される人。どちらが実人生として得なのか、幸福なのか。そんな小さな計算を、二人の前でするのは恥ずかしくなる。

青の戦慄——柳田國男

折口の詩に、「遠野物語」と題する一篇がある。かねて噂を聞いていた『遠野物語』の一冊を大正三（一九一四）年の冬、神保町にてようやく見出し購入し、感激にふるえつつ初めて読んだ経験を朗々とうたいあげる。新しい学によるめざめを回顧する。

この詩の効果もあり、柳田と折口の邂逅は折口の側からは、『遠野物語』にのみ光が当てられる傾向がある。

しかしもちろん折口は、松岡國男の抒情詩人時代からその作品に親しんでいる。ことさら『遠野物語』を師との出会いの画期点として歌うのは、自己の抒情詩人時代をかたくなに黙殺する師の姿勢に遠慮してのことであろう。

『遠野物語』とは、赤坂憲雄氏も定義づけるように、〈山の精神史〉を探る書である。序文にはっきりと、「国内の山村にして遠野より更に物深き所には又無数の山神山人の伝説あるべし。願はくは之（これ）を語りて平地人を戦慄せしめよ」とある。つまり山の書、山の民俗誌。

しかし気をつけて目をこらせば、その背景には海の青の広がりがある。山の柳田が始動すると同時に、海の柳田も始動している。

さいしょに折口は、海の詩人の柳田に出会っているはずである。まず明治三十五（一九〇二）年八月「太陽」に松岡國男名で発表した、「伊勢の海」と題する海の紀行文がある。ここから見てみよう。

「伊勢の海」とは、抒情詩人としての松岡國男がしだいに新しい詩、新しい学の人としてメタモルフォーゼする過程をあざやかに露出する作品である。

前進する近代社会にかたくなに背をそむけ、古き世をなつかしみ死者の棲む「他界」を恋う詩人の感性はここで微妙に変調し、海や山に今を生きる人々の哀愁をこそ、詩として歌いはじめる。

この紀行文のすみずみにまで、海に生きる人々の生活の詩情があふれる。旅びとのまなざしは、潮をあんばいしつつ海上をゆき交う船の敏麗な動きにとどまる。その耳は、山の名や風の名を熟知する老漁師のつぶやきや語りをこまやかにとらえる。

すなわち、柳田國男とは比類ない生活の詩人であるのだろう。

月夜の丘に坐してはるか対岸の安乗崎（あのりざき）の燈台の火の輝きをながめる時の、底しれぬ哀愁。少女たちが摘んで髪飾りとする、砂浜に咲くあえかな花の香り。海に出る男たちに代り、信頼あつい老人が村を守る「村隠居」のしきたり……印象的なエピソードが多い。

人間と海との幸福なエピソードばかりではない。死と隣り合せの「波の上の生業（なりわい）」をいとなむ漁民の辛苦もつづられる。げんに旅びとである「自分」の滞在中にも、遠州の鰹船が難破し、

「幾つとも無き遺骸(なきがら)の、磯に流れ寄りたるを目前見(まのあたり)たることあり」と語られる。

そして「伊勢の海」の中盤には、伊良湖半島より舟に乗って目前の海に浮かぶ小さな島、神島へ渡る旅の記がある。注目される。

ここで國男が実見した平地とぼしい神島の厳しい白然こそ、古代日本の原像であり、列島のつねなる原像――「山島」のおそらく起源である。

舟を下り神島に立った國男は、二つの山ばかりそびえて平地がほとんどない、北側の地に生活をいとなむ貧寒な島の情景に驚く。

それでも山肌には畑が耕され、道を利用し僅かに稲が育てられる。しかし「之を合せて島人(とうじん)二(ふた)月(つき)の糧(かて)に足らず」。

山の南側にはいくばくか平地がある。が、ここに人は住めない。波と海風が押しよせる荒野。立ってさえいられない――「山の南に下れば荒野(あれの)なり。風勁(つよ)くして草も栄(は)えず、浪哮(なみたけ)り砂(いさご)飛びて、其凄(そのすさ)まじさ久しく在るに堪えず」。

おそらくこの荒涼とした風景こそ、柳田國男が自分の足で実感した「山島」の初めである。

柳田は日本を「山島」と呼んだ。そのことばを彼は『魏志倭人伝』にて知った。大正三(一九一四)年刊行の民間説話研究の著作に、「山島民譚集(さんとうみんたん)」という題名を冠した。

日本人の祖(おや)が稲をたずさえ南の母郷よりながい年月をかけて航海し、列島を見出して移住するため上陸したその時の彼らの目前の光景は、まさに「山島」であったはずだと、柳田は推察する。

山がそのまま島として海にそびえ立つ国土に、祖（おや）たちは苦心して棲みつき山をけずり、平地をつくって母郷の熱帯種の稲を育てた――柳田の学の始まりに横たわる強烈な古代の原像である。ゆえに古代日本ひいては現在・未来の日本の歴史を考究するには、深山と島の研究が礎となるとする柳田の「山島」の知見は、折口の古代学に大きな影響を与えた。

若き三十歳の折口がはっきり自身の学と歌作の方向を見すえ、山と海のあいだの僅かな平地に身をすぼめて棲み、二つの大きな自然の威を畏れ、一方で山と海の神秘に魅せられて生きた「日本人の恐怖と憧憬との精神伝説を書いてみたい」と吐露する旅の記がある。

山と海のあいだに細長く延びる町、尾道にて宿泊し、「人はまだ幾程（いくほど）も山を領有していない」生活を見渡す「海道（かいどう）の砂」（大正六年）と題する文章がそれである。いわば〈古代研究〉宣言の一文にあたる。

そのなかに、「柳田先生は、日本を山島と異名していられる」と感慨ぶかく自身の胸に折りたたむようなことばがある。

また折口の歌作には折々、「山島（さんとう）」を歌ことば化したのであろう「島山（しまやま）」なる語が表われる。歌集『海やまのあひだ』の巻頭をなす十四首の羈旅連作の題名は、「島山」。二十代の志摩半島一周の旅を原点とする作品群である。

同じく『海やまのあひだ』にて、大噴火の跡も生々しく、古代の「火の海や山つなみ」のひしめく風景を想起させる桜島いったいも、このように「島山」として詠まれる。

島山のうへに　ひろがる笠雲あり。日の後の空は、底あかりして

老年になっても折口はつくづくと弟子の池田彌三郎に、柳田の「山島」という日本に冠した名、その発想の卓越を感嘆していたという（池田彌三郎「海神山神論の計画」参照）。

＊

折口の〈古代研究〉の原点にあざやかにともる、「山島」というイメージ。よく確認しておきたい。従来考えられてきたように、折口は『遠野物語』との邂逅とほぼ重なる時期の、大正三年刊行の柳田の『山島民譚集』にて初めて「山島」の知見に出会ったのではない。

それ以前の青少年期に、海と島々より成る日本へと人々の目をひらき、「山島」としての列島論を説く若々しい柳田の宣言に驚き、深く魅了されている。

たとえば、前述の柳田の内なる「山島」の起源、抒情詩人時代にものした「伊勢の海」のなかの神島の記に再び立ちもどってみよう。

神島の荒涼たる「山島」の生活に一驚した國男は、南側の不毛の荒地にわずかに「幽（かすか）なる樾（こむら）」の生えるのを見つけ、その樾の下に「小さき墓二つ三つ並び立て」るのを心にとどめる。

島びとに聞けばそれは、難破してこの浜に漂着した、他郷の人々の死骸をとむらう墓標であるという。

「昔より海に死したる人の、此浜に漂着するものあれば、皆此処に葬るが習にて、偶々身寄の者の弔ひ来て、墓標を設けて帰らんといふあれば、亦此処に建てさす、（中略）死して後まで猶旅なる此等の人の上に比ぶれば、命ある間の心細さは、屑ならずなど独思ひぬ」

「伊勢の海」のこの漂泊者の墓標への感慨はあきらかに後年、折口の公刊第一歌集『海やまのあひだ』の骨をなす羇旅連作「供養塔」に、次のように移し植えられている。

連作の詞書きにあるように「供養塔」とは、旅の途次で死んだ人馬をとむらう「旅死にの墓」をさす。

人も　馬も　道ゆきつかれ死にゝけり。旅寝かさなるほどの　かそけさ

邑山の松の木むらに、日はあたり　ひそけきかもよ。旅びとの墓

場所は山中である。が、とりわけ二首目は色濃く、柳田が見出した「幽な樾」の下の「死して猶旅なる」海の漂流者の墓標をほうふつさせるではないか。

「供養塔」に歌われる行路死者のるいるいたる墓は、折口の〈古代研究〉の一つの象徴といってもよい。

それは、彼がひらく漂流民の歴史への通路である。とともに、移住民としての日本人の祖のながい旅の歴史への視野を暗示する。

そのはじまりには一つ、若き國男が「山島」としての神島の海辺に立って深く詠嘆してみせる、浪と風に洗われ花をたむける人もない、海の漂流者のさむざむしい墓標が立っている――。

*

若き日の柳田國男は烈しい。烈しく何かと戦い、新しい知の気流を巻きおこそうとしている。何に対して抗い、戦っているのか――第一には、日本列島を欧米とどうようの「平地」大国と錯誤し、ひたすら平地大国の文化・産業を模倣し、さらに大きな大日本帝国を志向する国家国民あげての日本幻想に対して、である。

抒情詩人時代、柳田も、彼の盟友の国木田独歩も田山花袋もみな、ツルゲーネフやワーズワースの歌う田園や野原の詩にあこがれ、〈野〉〈野辺〉を詩の場としていた。

野をはてなく散策し、鳥や風の声を聴き、ひとり思索する〈孤独〉を青年の特権として敬う独歩の『武蔵野』（明治三十四年）は、その最たる象徴的な例であろう。

松岡國男も〈野辺〉の詩人として鳴らした。何しろ盟友たちとの合同詩集『抒情詩』（明治三十年）に國男が発表した詩群には、「野辺のゆきゝ」という題名が冠されている。

彼の初期小説もしきりに野辺の悲恋を描く。彼の実在の初恋の少女の面影を沈めるとされる「利根の夜舟」（明治二十九年）も、恋の場としての川のほとりの野原をもっぱらこう歌う——「夢なるか、菫はあたりに咲き、雲雀は高く囀る野辺を、我なる童は歌ひつゝ遊ぶなり」。

しかし明治三十一（一八九八）年の伊良湖半島経験をへての三十四年、國男ははっきりと〈野〉の詩に訣別する。それは西欧文学を憧憬する詩人の目の曇り、平野幻想であると感ずる。

同じく野の詩人である親友の花袋あての書簡形式をとり、野を捨てる宣言を言い放つ。

「平野の趣味は我国の如きに生れしものには、之を感ずること難かるべし、（中略）兎に角如何に誇大するも武蔵野位では仕方なかるべし」

——「すゞみ台（一）」明治三十四年七月「太平洋」より

日本は山国そして島国。西欧文学にあこがれて平野の野辺や田園を描いても、それは日本の現実ではない——この親友の呼びかけを是とし、それに応え、花袋も野を捨てて山へと向かう。山の小説を書くべしと叫ぶ。花袋は言う。

「あゝ日本の山！　日本の山！　山国を以て世界に名高き、日本の山!!　其処には、世界に

「誇るに足るべきところの自然と、自然の神秘とが籠つては居るまいか」
——「山」明治三十四年三月十八日「太平洋」より

この宣言を実行し、翌三十五（一九〇二）年に花袋が発表したのが、画期的な自然主義小説『重右衛門の最後』である。

山また山のつらなる信州の山村に取材し、「先天的不具」の「大睾丸」をもつゆえにグレて放火をくり返し、村人たちにひそかに殺される野性的な人間を描く。

この山の小説を柳田は激賞した。当然である。日本人にとり「可憐な」ファンタジーでしかない野原を離れ、国土をなす山をこそ描くべきと、花袋にしきりに説いたのは、柳田なのだから。

その意味で『重右衛門の最後』と『遠野物語』は、文章のスタイルは全く異なるけれど、ある面で通底し、エールを交しあう。それぞれの内発的な〈自然主義〉として、野を捨てて山を志向する作品なのである。

しかし忘れてはならない、柳田は「山村」にのみ注目していたのではない。その背景にはよりダイナミックな、列島全体を「山島」としてながめる視野が広がる。

『遠野物語』と同時期、明治四十二（一九〇九）年五月、翌明治四十三年四月の二度にわたり柳田は、「島々の物語」と題する論考を「太陽」に発表している。

ここに初めて「山島」のキーワードが出現する。その語にこめた自身の思念も、こまやかに説明される。

「支那の倭国伝にはよく「山島に依って居を為す」とある。成ほど日本は大小数百の山島であった。今でこそ港を造り港田を築いて平地沢山の海岸であるが、二千年前の昔を想えば本土九州も亦是である。我々の祖先は舟で渡って来ながら山民であった。険岨なる山島に居を占むることを、苦にしなかった故に国を開き得たのである」

同時期の一聯の「山人」「山民」論に通底してここにも鮮やかに、船団を組み長い時をかけて民族移動し、この列島に棲みついた祖先の歴史への想像が羽ばたく。

「島々の物語」とは、正面きっての堂々たる山島論、列島論なのである。

まず冒頭、「我々が平素島と称して居るものでも五百や八百の少ない数ではあるまい」「日本は珍しい島国である」と強調される。

それなのに、「島国の日本は妙に島の事に注意せぬ」「日本は決して平地ばかりの国では無い」「平地だけに文明を布いて満足することの出来ぬ国である」と訴える。

さらに柳田は、島国としての現実が無視され、平地大国のみを模範として邁進する国家政策に対し、強弁をふるう――「島の生活は政府からも学者からも研究せられて居らぬ。是れ恐らくは拡張する帝国の国風でも有ろう」。

日清日露戦争をへて以降、急激に世界地図の上に自国を肥大化させる大日本帝国幻想への、辛辣な批判である。

足下を曇りなく見よ、勇気をふるい、海につらなる無数の島々としての国土の真実を直視せよ、と柳田は説く。

日本は島国、火山の国。「火山の力の恐しさ」により、いかに古来より今にいたるまで日本が生き島として動き、変容し、生成しつづけているか——とつづけて柳田は鳥瞰する。

このあたりにはまるで空高く舞う飛行体よりアースを、そしてアースの青緑色の海にちらばる島々としての日本を見おろすような、きみょうに透徹したまなざしが駆使される。歴史の語部としての柳田に特有の、〈物語〉のスタイルの胎動始発であろうか。

ながいあいだに島々が増殖し、あるいは主陸と島とがいつのまにか接続して山や半島となる国土の生成の模様——、すなわち生きて変りつづける生き島としてのまさに驚異にみちた日本を、柳田はよどみなく物語る。

「島は其大小形状と共に其数に於ても古来隙も無く異動して居る。火山の力は恐しいもので、現に我々が記憶の前に於て或島は新に生じ或島は無くなった」

「島の減ずるのは大抵は主陸と接続する結果である。其数が多いばかりで無く事情も色々複雑して居って面白い。最も古いのは天然の地変の為である。越後の弥彦山は記録には見えぬけれども島であったに違ない。(中略) 出雲の島根半島も其名の示す如く以前は島である」
「記録には見えぬけれども」、とある。記録にないからといって、柳田は物語の速度をゆるめない。地形を観察し人情風俗を知り、地名と土地の成り立ちとをわきまえる自身の想像力、推察力への自負がある。

たしかに記録のみに依るなら、とうていい浮上することはあるまい。くり返される火山噴火や地震、つなみにより海に没する島々、陸とわずかに接続していた砂地が離れて島となり、逆に島が丘や山、半島として陸とつながり——刻々として今も変容しつづける生き島としての日本列島の驚異のすがたは。

まさにこれは、〈戦慄〉である。『遠野物語』の序文にかかげられる謎めいた檄語、「願はくは之を語りて平地人を戦慄せしめよ」の真の意味も、この驚異としての列島論を視野に入れて初めて、充分によみとくことができる。

大日本帝国幻想、平地大国幻想は崩壊する。習慣と惰性の眠りより覚め、私たちは自分が、海にちらばり、無数に生成しつづける島に生きることに気づく。新しい世界に投げ出されたように、愕然とする。

人々のこころの内なる日本地図を塗り変える柳田の「山島」論のダイナミズムは、たんなる地理論ではない。文学的哲学的な問いでもある。

「山島」論は、民俗学の内側のみには囲えない。それは日本近代文学の最先端の思潮の中で醸された。ゆえに大きな起爆力をはらむ。多くの人に〈戦慄〉をもたらす。

＊

じつは――明治三十一（一八九八）年から三十九（一九〇六）年にかけての国木田独歩の小説に、めざましく〈戦慄〉の主題が立ち上がっている。

当時、柳田は前にもまして密に花袋、独歩、藤村らの文学上の盟友と交流している。彼らは新婚の柳田邸にしきりに集い、それが自然主義を理論的に支える後の「龍土会（りゅうどかい）」「イプセン会」へと発展した。

柳田はしだいに実作からは離れるものの、西欧の文芸の先端をよく知る理論的リーダーとして、盟友らとともに近代小説の未来を考えた。独歩は特に、柳田の注目する文学者であった。『遠野物語』ひいては一連の「山島」論のはらむ〈戦慄〉とは、そもそも独歩の文学の〈戦慄〉と響きあい、生まれた主題なのではなかろうか。

明治三十一年から三十九年、「死」「酒中日記」「帽子」「岡本の手帳」などの独歩の作品にあらわれる〈戦慄〉について、主要な例のみ挙げておこう。

「富岡は自殺してゐた。

自分は泣くにも泣かぬにもたゞ余りの事に愕然たるばかりで涙も出なかつた。悲しいとも痛ましいとも未だ其のやうな明白な感情の起る余地が無い、弾力ある粘力ある一種の力が感情の泉を塞いでゐるやうでそれが胸に閊えて重くるしく呼吸苦しく身体の血悉く頭脳に集つたやうで而も怪しい戦慄が爪先から頭髪までゆきわたつた」

――「死」明治三十一年六月「国民之友」より

「此夜自分は学校の用で神田までゆき九時頃帰宅つて見ると、妻が助を背負つたまゝ火鉢の前に坐つて蒼い顔といふよりか凄い顔をして居る。（中略）
此の様子を見て自分は驚いたといふよりか懼れた。懼れたといふよりか戦慄した」

――「酒中日記」明治三十五年十一月「文芸界」より

「あゝわれこゝに在り。われ茲に立つ。（中略）吾何処より来り、吾遂に何処にかゆく。願くは吾心さめよ。希くは吾がにぶれたる此心めさめよ。此世の夢よ、さめよ。わが願は宇宙の不思議を明にせんことに非ず、人生の秘密を明白に解剖せんことに非ず。
たゞめさめんことなり。「秘密」に戦慄せんことなり、「不思議」に驚魂悸魄せんことなり」

――「岡本の手帳」明治三十九年六月「中央公論」より

〈戦慄〉とは明らかに、二十世紀の生き方を探る独歩のドラマトゥルギーの頂点に設置され、既成の世界観から脱け出よと、私たちをゆさぶり起こす力である。

たとえば前掲の「死」は、主人公「自分」が親友の凄惨な自死に遭遇する話である。真暗な部屋のランプをともした「自分」は、親友のこちらを向いた死に顔に出会う――「其両眼は半ば開き紅の血顔の半面にまみれ歯を喰ひしばり拳（こぶし）を固く握り其拳も亦た血にまみれてゐた」。

親友の血まみれの死骸を目前にし、電流につらぬかれたように鋭く激しく、「自分」は初めて死を想う。しかしそれもつかのま、衝撃は刻々とうすれ、「自分」は元通りの日常にもどる。死を恐怖し、死に目をつむる「習慣（カスタム）の力」に再びとらわれて。

「一種の膜の中に閉じ込められ」、生死の神秘を直視せず鈍感に生きる人間の、囚われた不自由な姿を「死」は、浮き彫りにする。

独歩は先駆的に、人間を閉じ込める「習慣の力」に気づいてしまった。独歩にとって「習慣」とは、親子関係でさえある。

「酒中日記」は、因習的な親子関係にメスを入れる革命的な小説。欲深い母に孝行を尽くしたために破滅した小学校の倫理教員「自分」の苦悩を通し、社会のヒエラルキーを支える親子関係とそのルール「忠孝」の不自然を告発する。

母に金をせびられ公金を横領し、そのために妻子に死なれ、戦慄した「自分」は気づく。愛がなければ親子ではない。親に従えとする「忠孝」の論理は、習慣の古い膜。膜を破り、習慣に盲従する惰眠から目ざめて、知った。愛のない母と自分は「初から他人なのだ」と。以上に見たように、独歩の〈戦慄〉とは単に恐れおののくことではない。深遠な意味がこめられる。

その意味は特に、「岡本の手帳」に端的である。独歩は自身を、「此不思議なる宇宙の中に裸体のまゝ見出す」ことをひたすらに願う。

見えざる膜によって私たちを閉じ込め、惰性的に眠らせる既成の「習慣の力」に気づき、膜を破って〈めさめ〉〈発見〉〈戦慄〉し、原始のヒトとして新たにまっすぐ世界を見る眼を回復すること――独歩の唱えるのは、宇宙感覚を軸とする、ダイナミックな思考と感覚の革命論である。

そのダイナミズムこそ、柳田の掲げる新しい知のはじまりの主題〈戦慄〉と響きあう。

柳田の〈戦慄〉は、日本列島を閉じ込める習慣の力に対抗する。

都会中心の「平地」文化に慣れた習慣的なまなざしを脱却し、裸眼で山また山のつらなる、そして山がそのまま島として海に浮かぶ列島のすがたを直視せよ、と呼びかける。

まるでずっと昔から平地に住んできたような感覚。歴史も文化も、平地に生まれてきたとしか発想しえない認識の根本的錯誤。

柳田はそれらをくつがえし、海へ山へと私たちを連れ出す。何百余の島々。しかも天変地異により、今も生き島として変容しつづける群島。それが日本。

大「平地」帝国として欧米とあたかも地続きであるように国土を錯覚する人々――「外国に在

る人々」（『遠野物語』序文）にとって、山島なす日本をさししめす知の指は、立っている地面をゆるがす深い衝撃、戦慄に他ならない。

*

青少年期の折口信夫がまず知った柳田國男とは、このような人であった。

文学哲学の先鋭な思潮にも呼応しつつ、日本人の内なる幻想の大日本地図を向うにまわし、原始の眼をもって新たに二十世紀の列島に生きる知恵を迫る人だった。

習慣の膜に閉じこもり海も山も真には見ないSLEEPERなる私たちをゆさぶり、〈戦慄〉の主題を掲げる人だった。

彼の〈戦慄〉の主題の射程はながい。二〇一一年の東日本大震災、一六年の熊本地震を経て、今さらのように愕然として海中の火山列島としての国土を見まわす、私たちの足元にまで届く。

国木田独歩も指摘するように、安心して生きたいのも人間の一つの本能。戦慄のもたらす不安と恐れは刻々うすれる。私たちは又もや、火山と海、地震の日本を忘れ、大平地国の日本に生きる日本人に戻るかもしれない。

ゆえにいつの時代にも、私たちの内なる錯覚の日本を根底からゆさぶる、おおいなる批評の力がこの主題にはある——「平地人を戦慄せしめよ」。

民俗学という枠に余りにつよくこだわる必要はない。新二十世紀の結婚制や親子関係など人間が幸福に自然に生きるスタイルを模索して若い読者を魅了し、折口もいたく愛読した田山花袋や国木田独歩のとなりに肩をならべ、革新的な〈戦慄〉の主題を掲げる柳田國男がいた——まず、そういうことなのではないか。

ダイナミックな彼の列島論に啓発され、しぶきを上げて折口の学と創作に、青海が流れ込んできた。

折口の学の礎は古典研究にある。はじめは万葉集研究に没頭し、和歌史をたどる歴史家となることをこころざした。「山島」論に出会わなければ、海へのまなざしは無く、ずいぶん異なる〈古代研究〉になっていたかもしれない。

海とは外部である。柳田は日本を、閉鎖と定着の歴史観から解きはなった。海にちらばる島々であるゆえに、外部の潮流に曝されることめざましい国土と位置づけた。

日本人とは何か——移住民である。日本人とは海をわたり南からやってきた、移住民に他ならない。

〈原〉は存在しない。私たちの祖（おや）ももとは、移住民。ゆえに日本人は移住を苦としない。列島の中でも日本人はしきりに動く。漂泊する。

ヒトも穀物植物の種子も神信仰も、あらゆるものが北に南に多様に動く。各地にその痕跡が残る。柳田の史眼はその跡を追う。壮大な移住史を構想する。

その過程で感得する、定住と漂泊はこの列島において対立するものではない。定住とは漂泊のヴァリエーションに他ならない、と。

早くに孤児となり他家へ養子入りした自身の人生的境涯への思いもこめて、柳田が構想する列島移住史のこの流動性こそ、青海への視野とともに折口の〈古代研究〉にもっとも深い錨（いかり）をおろす、啓発の要素なのではなかろうか。

＊

柳田はしきりに自身をも、山をわたらい海をさすらう山の民、海の民にかさね合わせる。一連の山人論にて、自身も山をみると妖しく胸がさわぐ質（たち）だから、山に棲む先住民族の末裔かもしれないと吐露するのは著名なエピソードだ。

とともに海の紀行文や論考では、海と島が大好きな自分は、たくみに舟をあやつり海を旅してきた海洋民としての祖先の血をことに濃く継ぐと、想像してみせる。

しんそこ柳田は海に魅せられる質らしい。若い頃の夢は何よりも、船長になることだったといっう。家族の反対にあい、かなわなかった。せめて島を一つ買い、島に棲んでみたかったとも回顧する（昭和二十三年「島の人生」など参照）。

そういえば彼の弟、松岡静雄は海軍大佐。兄の憧憬と夢のいくばくかを継いだものか。兄の唱える「我々の祖先の航海者」の血を、そうした形で弟がよみがえらせたのか。

兄は、紀行文にその憧憬を結晶させる。海の名紀行文としては『海南小記』や『海上の道』が知られるけれど、今は『遠野物語』と同時期のまばゆい海の旅の記「島々の物語」（明治四十三年四月）の一くだりを引いておこう。

舟にのり、舟から海や島、他の小舟をながめる悦楽にみちる初夏の情景が柳田の眼をとおし、描かれる。

柳田は、「果物の季節になると又島を想い出す」。果実のゆたかに熟れる島の景観を遠望することに、深い歓びを感じるという。

「島々の物語」第三章は「島の果物」と題し、かつて各地で目にした蜜柑やぶどうで埋めつくされた島々を回顧する。あるいは九州で聞いて夢のようにうっとりした、パイナップルやバナナ、「ホートーと云う旨い果実」のゆたかに実る南の島々の話を豊かにまばゆく紡ぐ。

おそらく海の上より望み見る果実たわわに熟す島とは、柳田にとって海上の道の果てにある、楽園楽土の象徴なのではないか。

「島々の物語」のさいごには自らの過去の経験をひもとき、若狭の沿海がさかんに枇杷を栽培し、特に湾に浮かぶ大島が枇杷の名産地であったことを想いおこす。

風雨のため枇杷のみのる大島には渡れなかったが、その前日に乗った小舟の上から大島を望み、あざやかな夏日が島の枇杷の樹々を照らすのをはっきりと見分けたこと。大島から帰るたくさんの小舟に海上で行き会い、そのいずれもが黄金にかがやく枇杷を満載していたことを、うつくしい印象として物語る。

「久々子湖口の早瀬の港から三方の町まで舟に乗ったが、枇杷を満載した小舟にいくつも出逢った。両岸の山が低くて桑の林が多く、所々に雉の声が聞える日であった。舳先を高く上げて、港の方へ飛ぶように漕いで行く舟を見かえると、黄金色の枇杷の実が美しく光って居た」

波に乗り走る小舟は動きがすばしこい鳥のよう、まさに鳥舟。

柳田はその旅で機会をとらえ、小舟で主陸よりほど遠くない島に渡るのを好む。海の上より島々を望みつつ通過する、舟の速さに身をゆだねるのを愛する。

そんな時の柳田は明らかに、実りゆたかな島々、楽土を求めて海ゆく渡航者としての祖先のまなざしに己がまなざしを添わせ、一体化させている。

いきいきとした実感、波に身をまかせる悦楽、海の光、色にあふれて「山島」を指さす青の船長・柳田にみちびかれて若く感じやすい折口もまた、古代の渡航者と一体化し、海を旅することを知り初めたのだろう。

渡航者として危い潮流を畏れ、それを渡りきる祖先の感覚が、年あらたまる大つごもりを迎えて身をつつしむ夜に、思いもかけず突如として自身の深みによみがえる神秘を、折口は歌にこう詠む。

髣髴顕つ。速吸の門の波の色。年の夜をすわる畳のうへに

――歌集『海やまのあひだ』所収、連作「除夜」より

かつて志摩半島の岬の突端で光みちる水平線を見晴らし、その青のかなたに「妣が国」のあるのを実感し、祖先より受けつぐ「間歇遺伝（あたいずむ）」を実感したのにひとしい、不可思議な感動が歌われる。

あらたまる年をつつしみ月の光深まるのを見守る夜ふけ、すわる畳の上にありありと青い波がひろがり、神話のなかの海峡の名・速吸の門が忽然として脳裏を襲う。愕然とする――これも航海者としての祖先を意識する主題「間歇遺伝」の、歌による表現に他ならない。

柳田と折口には、日本民族の祖のながきに渡る海の旅をあざやかに透視する能力があり、旅の達人として祖先の旅の感覚を自身に乗り移らせる才覚がある。それが一つ、彼らの古代学の作品としての普遍性を高めている。

折口の側からするとそこには、青の船長・柳田國男がひきいる舟の水脈をういういしく追う恋情に似た歓びも、ひめやかに入り混じっていたのかもしれない。なんといっても水とは、比類ないエロスの源なのだから。

未来を呼ぶ批評

折口信夫はまず、特異に深く歌を愛した。生まれてまもない幼い頃から、三十一音を主とする歌の音調の色や香りはまるで母乳のように彼の青くひよわな心身にまつわりつき、ゆたかな滋養をそそいだ。

歌とは、自身のことばと情緒を大きくさだめる宿命、時に魔であるとさえ彼は感受した。大学を卒業するさいに第一にこころざしたのは、歌そのものの成り立ちとそれ以降の生成を考察する、歴史学者となることとである。

ゆえに彼の〈古代研究〉とは一面、歌の歴史に文学と宗教の歴史を連接させて発想する、超時代的な歌の学である。ここに比類ない独創性がある。

彼が早くから歌をえらびとったことは、まさに宿命的である。なぜなら、古代の神の聖なることばに根ざして発生し、ながい歴史の波をかいくぐって生きのびる歌こそは、〈古代〉そのものであるから。

その意味で、彼はだれよりも痛切に〈古代〉を生きた。学者として、聖なる呪詞の母胎より生まれて世々の文化の消長を刻みつつ生きのびる歌の歴史を深くわきまえ、かつ実作者として、民俗としての歌と文学としての歌のはざまで身を引き裂かれつつ、闘いぬいた。

いわば〈文学〉と〈非文学〉のどちらにも惹かれ、苦悶し苦闘した。この矛盾にみちた複雑な体験が、古代研究者である彼をそれゆえに、比類ない近代の批評家に鍛えあげた。

彼は、歌に色濃く残る〈古代〉をつぎつぎに発見した。その〈古代〉をもって、成立の根は浅いながらも絶対的な支配力をふるう、近代の文学制度を知的に爆破した。

彼が戦略的にそこまでねらっていたか否かは別として、その爆破力は確実にすさまじい。それは、近代の文学制度の中心をなす〈作家〉〈作品〉〈読者〉の要素を、その根底からゆさぶる。すなわち、私たちの脳裏や感覚に染みつく〈文学〉そのものの絶対性に大きな疑問を投げかけ、過去のゆたかな文学の可能性を未来へひらく。

この批評が、彼の〈古代研究〉の核心である。彼がこの批評をおこない始めた大正初年頃一九一〇年代はいまだ、文学者が西欧の学術文化の摂取に邁進し、いわば外側からのその知識教養を足場とし、批評を進化させていた時期である。

その時代に折口は、日本文学の内側に深く根づく歌の歴史への見識とそれに一体化する歌の実作を、批評のベースとして選びとった。

このことは特異である。そのことにより彼の批評ははからずも、進化する批評の最先峰に立った。何しろ文学者たちが自明のものとしてその上に安住する、近代の西欧的な文学制度そのものの批評に取りかかったのだから。いずれ滅びゆく古びたものとみなされる歌を起爆剤とし、既成の文学制度を冷徹に相対化した。

きみょうで不可思議な遠近法であるが、古代学者である折口はそれゆえに、すぐれた比類ない近代の批評家であった。

＊

もちろん近代の知識人において、歌を愛したのは折口のみではない。明治生まれの知識人に通底する特色として、教養やたしなみとしての歌へのごく自然な親しみがあり、造詣がある。

清新な欧文派を創出して日本近代小説の扉をひらいた森鷗外にも、観潮楼歌会のいとなみがあり、「うた日記」がある。鷗外の西欧的な浪漫性は、素養としての歌の甘くしなやかなやまとことばに受けとめられ、かぐわしい混血の歌を開花させた。

鷗外にかわいがられた柳田國男、そしてその親友の田山花袋も、きわだって歌にすぐれた文学者である。一時は若き國男も花袋も情熱的に歌作に打ちこみ、師の松浦辰男より、桂園派を背負う次代のリーダーと目されていたという（兼清正徳『松浦辰男の生涯』参照）。

近代の文学者の感性の深層にはこのように、歌の海が広がる。ゆえに歌を批評の杖として活用することは、歌に疎遠な今の時代の私たちが想像するよりもはるかに、多くの人のこころに染み入る力をはらんでいた。

それにもかかわらず、歌が批評のための資材にえらばれることはなかった。近代の知識人のおおむねは西欧の学芸の論理をえらび、歌への愛を周縁的な要素、教養の範囲内にとどめた。たとえば折口より十二歳年長の師、柳田國男の場合をいささか見てみよう。柳田は終生、あいさつや日録の役割をはたす歌の古風で平凡な表情を愛した。

彼の『遠野物語』（明治四十三・一九一〇年）序文には、「願はくは之を語りて平地人を戦慄せしめよ」と呼びかける著名なくだりがある。そして序文末尾は、「おきなさび飛ばず鳴かざるをちかたの森のふくろふ笑ふらかんも」という謎めいた一首で結ばれる。

ここにて歌は、韜晦と自己謙抑を表わし、読者へのあいさつとなる。

こうした周縁的な歌の使い方を、折口はその論考で決して行わない。皮肉なことに、生活のなかに生きる古い民俗としての歌そのままを愛したのは、柳田の方であろう。折口はそうした率直からはほど遠い。彼は民俗としての歌の懐の深さを探り、かつ文学としての歌をめざす、陰翳ふかい矛盾にみちた道をたどった。

たとえばこのような点に、古代学者としての柳田と折口の、一つの違いがある。

折口の〈古代研究〉の出発はあきらかに、万葉集研究にある。大きく言えばそれは、文学と非文学とが分かちがたく絡みつき、たがいを刺激しあう文学の沃野としての日本文学、日本文学史の壮大な発見である。

歌とはそもそも、文学的動機をもってつくられた文学ではない。古代の霊魂信仰にかかわる呪術としてつくられ、時と人を得ればそこから、優れた文学が生まれる可能性をはらむ。歌にはのちのちまで、文学でない文学――〈非文学〉〈民俗文学〉の面影が濃く残る。

皆がとうぜん文学であると思って読む万葉集の、少なくない部分がじつは非文学なのであるという事実を、折口は突きつける。

近代文学を考究する者にとり、〈非文学〉という発想は衝撃である。絶対的な〈文学〉の基盤に、その内側から楔を打ちこむ。

みずから率先して近代をひらくことをこころざす創作者であり批評家でもある折口が、こうした破壊的とさえいえる発想をそなえて同時代の文学に関わっていた複雑な認識者であることに、深い関心をそそぎたい。

折口は歴史家としての広い視野をもって、〈古代〉としての歌が各時代の文化流行の波にゆられ、たまさか天才の出現を得ていくどかの脱皮・変身を遂げてはまた、時代の波にさらわれる様相を、まるで生きものの生態を観察するように見きわめる。

たとえば『古代研究』第二部所収の「短歌本質成立の時代――万葉集以降の歌風の見わたし」(大正十五・一九二六年)などはすばらしい。ここには、歌を論ずることは本格の批評であるという誇りがみなぎる。歌は近代以前の文学の中心であり、したがって歌論とは「日本学」の起源であると、折口はまず宣言する。

論全体は、万葉集のすぐれた一つの本質である哲学的な孤独の詩心「細み」の系譜が古今集に受け継がれ、中世の玉葉・風雅集にいたり完成するまでの生成流動史をたどる。

古代学の醍醐味が随所にかがやく。文学と非文学の葛藤をマクロな史眼で探る。ともに一首一首へのこまやかな鑑賞がみごとである。

特に、作品の深層にもやう「言語の影」「幻像」「虚像」「時代的の踠き」「当代の尖った生活情調」を鋭くよみとる姿勢は、個々の作品を通して時代の心理を分析する哲学者の趣さえある。

批評の真髄とは何か――折口にはつねに明快な答えがある。

彼は歴史を知らずにその時代の産物としての作品の上皮のみ眺める姿勢を、「勉強が足りない」としてひどく軽蔑した。重箱の隅をつつく細かい評言を、「添削」にすぎないとした。

「ほんとうの批評」とは何かということを、折口は短歌の滅亡を危惧する論「歌の円寂する時」（大正十五年）にて、さらに情熱的に説いている。批評家としての折口の本質がよくうかがわれる。

「ほんとうの批評」とは、作品に振りまわされ、曳きずられるものではない。「分析批評」などは批評とはいえない。真の批評とは、作家自身は気づかない「作品の中から作家の個性をとおしてにじみ出した主題」を発見することであると、彼は考える。

その「主題」とはもちろん、作家が意図し、めざす主題をさすのではない。それは表面上のわかりきった問題にすぎない。そうではなく、作品の深層には作家が苦しみもがき、われ知らずかかえる多様なゆたかな主題が、作家のいのちの核から萌え出て、まだ陽の目をみぬ卵群のようにたゆたう。

真の批評とは、その未発の主題の卵群を発掘する奥ぶかく創造的な営みであると、折口は主張する。

「主題と言うものは、作物の上にたなびいていて、読者をしてむせっぽく、息苦しく、時としては、故(ゆえ)知らぬ浮れ心をさえ誘う雲気(うんき)の様なものに譬(たと)える事も出来る。そうした揺曳(ようえい)に気のつく事も、批評家でなくては出来ぬ事が多い」

「当来の人生に対する暗示や、生命に絡(から)んだ兆(きざ)しが、作家の気分に融け込んで、出て来るものが主題である。其(それ)を又、意識の上の事に移し、其主題を解説して、人間及び世界の次の「動き」を促すのが、ほんとうの文芸批評なのである」

――「歌の円寂する時」より

折口が批評に求める要素は、自身もかえりみるように、哲学者の領域にもひとしい。作品が深みにはらむ本質的な可能性を発見し、「作家の個性を充して行ける様に導」く。つまり作家の未来の可能性をひらく。それのみならず、さらに大きな視野でその主題が社会に、どのような新しい生き方を暗示するのかを考察する。そこまでが折口の考える、批評家のしごとである。

作家は作品の現在に力を尽くす。批評家はその現在を通し、未来をよみとり未来を呼ぶ。歌に限らない、これが折口の批評精神の根本である。

では、未来を呼ぶ批評家として、折口はどのように自身の生きる時代の文芸とつきあったのか。

＊

折口には、近代は小説の時代であるという認識があった。歴史小説『死者の書』（昭和十八年）の作者でもある。若い頃は、小説家になりたいと目ざした時期もある。小説に熾烈な関心がある。ここからは小説と折口との関係を主な角度とし、同時代のなかの折口を見てゆきたい。

『死者の書』刊行よりほどない昭和二十二（一九四七）年、折口はたった一度だけ、近代文学史の講義を行っている（「近代文学論」全集ノート編追補第三巻）。ここには近代文学、すなわち小説についての考えがよく表われている。問題点を整理する。

まず、近代における「小説の文学化」が、日本文学史の大きな変革として強調される。日本では文学とは長らく、歌をさす。ところが明治時代、小説が中心の座におさまった。文学ではなかった小説が、前代の戯作の形と内容を脱皮し、あたらしい時代の求める〈文学〉になる苦闘――それがつまり近代文学史であると、折口は見晴らす。文学になろうとする小説のことばの、新しい創成のようすにも注目する。

坪内逍遥が、幸田露伴が尾崎紅葉が、山田美妙、二葉亭四迷が輩出して作りあげる、口語的な文脈創出の闘い。それを一種の古代の語部の物語の復活であるとみなすところなど、古代学者としての視点が随所に光る。一部を引く。

「大昔、文章は口ことばに近かった。古代には、それが長くあった。が、その後、文章と口ことばが分かれて、文章体で書かれてなくては、文章ではなくなった」

明治初期に翻訳文学が台頭し、政治小説が流行し、二十年代に逍遥、そして紅葉、露伴が出て本格的に近代小説の歴史が始まるところから――白樺派、新感覚派のおこる大正昭和までを折口は、作家論・作品論も織りまぜながら駆けぬける。「歴史的にものを見る癖」のある自分は、資料価値が確定しないこの時点で、近代文学史というものが成りたつか否か、おおいに疑問があるとしながらも。

「近代文学論」が講じられた一つの大きな理由は、何といってもまず、自分の周囲に集まる小説好きな若者たちのためであったろう。太平洋戦争に敗れた直後である。若者を励ましたかった。敗れたことの先の未来を暗示する力が、近代に勢いある小説にまず孕まれると、折口自身が痛感していたのでもあろう。昭和十二（一九三七）年頃から、室生犀星や堀辰雄などの作家とも親交がいちじるしかった。

さて「近代文学論」。漱石を、おだやかな上皮に不逞な革命的思想をつつむ「ごろつき紳士」

と評するのをはじめとし、鷗外を「偉大なエッセイスト」、鏡花をプロレタリア文学の先をゆく思想小説家でありえた大いなる「不良」、花袋を「未完成の詩人」とするなど、思いきった刺激的な作家論がつらなる。

言語を通して民俗を探る学者であるゆえに、小説の文体創成への関心も突出する。四迷の大きな功績は、敬語のない文体を編み出したことであり、「日本人を解脱させるのには、敬語を止め」ることと明言するくだりは、源氏学者でもある折口ゆえの提言であると、ことに印象に残る。

文章に凝るのを文学者のいのちとする空虚なそれまでの風潮を、自然主義が一掃し、いったん「文章をめちゃめちゃにした」のは評価すべきであるとも述べる。文章にかんして折口はいたく前衛的だ。

全体をつらぬく、折口独特の傾向にも気づかされる。一つは、批評史において不当におとしめられてきた作家の再発見への志向である。

〈紅露〉というように、露伴と比べて思想性のない作家とされる紅葉への高い評価はその一例で、「日本では、派手で細かいのは名人芸とせず、地味で大まかなのを名人型」とする癖がある。またた二つをならべ、一をよしとし一を劣るとする癖もある。だから紅葉は「損をした」とするところ、さっそうと合理的で胸がすく。ちなみに折口は、派手でおもしろくて華やかな文学や演劇を深く愛する。

露伴を高く評価しながらも、露伴とは、自分より力の劣った批評家たちにいわば褒め殺しにされ、本来のゆたかな可能性に伸びる前に固定してしまった悲劇的な作家であるとする点も、興味深い。

作家と批評家の関係性をあざやかに突く。批評家とは、「現在の作物の分解」ではなく、作家の未来の作物を透視すべきであるとの主張には、歌論の骨にも通底する折口の、批評家としての自負がみなぎる。

もう一つの大きな傾向は、生前に大家と評されその位置に安住する作家ではなく、酷評されて報われず、それでも試みつづける未来性をはらむ、未完成の作家に深い好意と関心をそそぐ点である。

この傾向ゆえにか、永井荷風への関心はごく薄い。森鷗外への批評は辛辣をきわめる。彼らに比べ、『蒲団』で私小説の新境地を開発しながらも、愚直な作家として軽んじられる田山花袋へのまなざしが、まことに温かい。

「近代文学論」は文学史であるとともに、折口がその乳を吸って育った同時代の文学の母胎を問わず語りするものでもある。

鷗外、花袋、鏡花などは、少年の折口が深々と愛読し、その学問と創作の両面に濃い影響をこうむった作家であることが推される。

＊

とりわけ泉鏡花は、折口にとって特別な作家である。師の柳田の若い頃からの友人としての、思い入れもある。少年時代から、折口は鏡花を読みふけっていた。

後年、大学の用事でじっさいに鏡花に会ったのは嬉しいことだった。鏡花は日本の妖怪について多く語った。彼の関心ある妖怪が、国学者の平田篤胤の注目する妖怪の存在に重なることも、折口にはさすが鏡花と感嘆させられることだった（昭和十七年「鏡花との一夕」）。

折口は自身で、そうとう鏡花の影響を受けることを述懐している。それでいえば柳田も、抒情詩人・松岡國男の時代から鏡花文学に心酔している。詩とともに國男が発表していた悲恋をうたう浪漫的小説「草もみぢ」「露わけ衣」などには、ありありと鏡花文学のもの哀しい香気がただよう。

前代の神秘と古雅を恋う民俗学の学徒が、鏡花文学を敬するのはごく自然といえる。鏡花とは、科学合理主義が威力をふるう近代にて伝説と神話の地層に根をはり、その養分を吸って孤高に立つめざましい一樹である。

この一樹の放つなつかしい神秘の香気と、近代の硬直して痩せた常識にあらがう凛とした反骨精神とを、若い柳田も折口もたっぷりと豊かに浴びている。

特に創作者でもある折口は、芥川龍之介や谷崎潤一郎と肩をならべ、鏡花の水脈を敬してそれを継ぐ作家として位置づけられる。晩年の幻想的歴史小説『死者の書』（昭和十八年）は、その流れの集大成ともいえる。随所に鏡花文学の影響がいちじるしい。

『死者の書』冒頭の印象的な水滴の音「した　した　した」が、鏡花の小説「五本松」に由来することは、池田彌三郎が早く指摘した。「五本松」のみならず、鏡花の『日本橋』「柳の横町」などの作品にも、この音は、誰かがしのび寄る「跫音（あしおと）」として響く。

とりわけ『死者の書』に酷似するのは、鏡花の「沼夫人」（明治四十一年）である。沼で死んだ哀しい女性の霊が、彼女を忘れえず探し求める青年の寝室にあらわれ、そのベッドのまわりを「しと、しと、しと」と歩きまわる。水びたしの死霊の「跫音」が主旋律をなす。

特異な死者と生者との恋は、鏡花文学をつらぬく大きな主題である。水滴ひびく洞窟で死者がめざめ、二上山（ふたかみ）の地霊として藤原家の聖少女の寝室を訪れる『死者の書』は、能楽の手法の活用もふくめ、鏡花文学の系譜を継ぐ。

ヒロインの少女が、夢の中で恋する死者の白骨を抱いて海底へと沈み、自身も「一幹（ひともと）の白い珊瑚の樹」と化す名場面なども、鏡花の「悪獣篇」（明治三十八年）の妖しい水夢に照応する。「悪獣篇」のヒロインの浦子は、妖魔に呼ばれて海辺をさすらい水底へ引きこまれ、自分が「珊瑚の枝」に化すのを感じ、はっと夢からさめるのである。

折口はなぜ晩年にいたり、鏡花文学への想いを自作に濃密に滴らせたのか。折口が『死者の書』を書いたのは、心をこめて薫育した若い人々が次々に戦地へおもむかされる、暗い死の季節に当る。

そのなかで、鏡花文学をつらぬく骨と葬の主題、なつかしい死者へ生者が恋ごころを捧げる鎮魂の主題が、切実な不可欠なものとして折口の胸に熱く蘇ったのにちがいない。

かつて日本文学は、〈死者の書〉としての役割を大きく負っていた。文学の中心に位置する歌がまず死者に呼びかけ、その魂のたどる黄泉への路を照らす明かりとなるべく発語される、鎮魂詩として発達した。

歌を中心樹としてそこから派生する物語も、死者を銘ずる一代記であることが少なくない。しかし明治の欧化のもとに物語は変身し、もっぱら生者が、小説の主人公となる。

そのなかで鎮魂詩としての文学の復権をはかった稀有な作家が、鏡花である。戦争と死の時代を迎えて折口は、改めて〈死者の書〉の書き手としての鏡花の系譜を継ぐことを選びとった面がある。

＊

折口は、若い人々の可能性を深く信頼する文学者であり批評家であった。

大学教授として若者との交流があつい。歌にかんしては特異な〈感染教育〉を旨とし、弟子の生活までいったん自分の思想に染めようとする折口であるが、小説や詩をこころざす弟子には、その方面は自由に解放した。

弟子を通じ、次代をになう若い作家とも交流が生まれた。時代の新しい感性につねに目をみはっていた。弟子の小説家の伊馬春部(いまはるべ)を通じて太宰治と知りあい、高く評価した。主題は深刻に傾く太宰の文学を支えるのが、実は東北人特有の軽妙で透明なユーモアであることを早く指摘した。太宰の自死に、「私の友情を　しづかに　享けとつてゐてくれた」「若い友人」と呼びかける哀悼の詩「水中の友」（昭和二十五年）をささげている。

年の近しい室生犀星とは以前からの知己で、その縁で小説家志望の弟子の小谷恒を、昭和十一（一九三六）年に犀星に入門させた。小谷の仲介で翌十二年、初めて堀辰雄と会う。かねて『古代研究』を座右に置き、折口の古代学に汲みつつ王朝物語を書こうとしていた堀が、国学院大学の講義を聴講したのだった（小谷恒『迢空・犀星・辰雄』参照）。

昭和十三（一九三八）年より折口は夏を軽井沢ですごす習慣をもち、軽井沢文学圏の犀星や堀といっそう親しくなった。堀は、慶応義塾大学の折口の源氏物語全講会にも通った。折口はしきりに、「僕のは源氏をつまらなくするものだから」「堀君の幻想を壊してしまう」と恐縮したという。

この頃から昭和二十年代にかけての晩年、戦後をになう若い作家に熱く期待した。ほぼ二十歳年下の堀辰雄、その盟友の神西清、中村真一郎と交流し、特に彼らの清新な古典復興、王朝物語の実作に敬意と理解を寄せた。

関東大震災以降、折口には文学のことばへの危機感があったが、敗戦をへてその焦慮はますます如実となっていた。昭和二十四（一九四九）年の赤木健介との対談「短歌と文学」にはもっぱら、そのことが力説される。

このあたりでどうしても習慣的な、内容乏しく実用一点張の近代日本語を一度は壊し、現在ひいては未来の思想をゆたかに表わすことばを開発すべきであると述べる。具体的には、①言葉と言葉の意表をつく結合、②古語の詩語としての活用、③詩語としての外国語の活用、という三つの手段を提案する。

そして③については自身はむりであるとし、堀辰雄に深く期待すると述べる。「堀君には日本でない面があるという点」「日本の国を二通りの目（筆者注：日本人の目と外国人の目をあわせ持つという意）で観察している」とし、日本人の内側から日本のことばと文化を異化しうる堀の西欧文学の素養を、高く評価する。

折口が魅了されたのは、まるで外国文学を読むように日本の古典を読み、そこに異化作用を巻きおこす若い彼らのルネサンスである。リルケが外国語で書いたように、堀にはフランス語で本格小説を書いてほしいとも述べている。彼なら、「日本人は日本語で書かなければ本音が出ない」という既成概念を捨てることの先陣を切れるはずだ、とさえ述べる。

敗戦にてキリスト教と対峙する必要を痛感していた折口は、しみじみと英語フランス語ドイツ語を使いこなし、宇治十帖の禁欲的な姫君に、ジイド『狭き門』のヒロインを重ねるような、万葉集の挽歌にごく自然にリルケの詩を響かせるような、若い世代の詩人たちがうらやましかった。

そもそも折口には、西欧文学へのあこがれが熾烈にある。前述の対談でも赤木に、自分には「西洋文学」への志向がかなりあり、それが特に詩作の場合の「押し出してくる力」となっていることを明かしている。

詩人としての折口は「無言（しじま）」「讃歌者（ほめら）」「妖言（およづれ）」「賓客（まれびと）」「寿考者（とこよ）」「饗宴（あるじ）」などの古語を駆使する特色がある。しかしこれは、古代憧憬の表われとして行われるものではない。自分は古語を、一種の外国語として使っていると折口は明かす。外国語を使いたいが、その力がないので代りに古語を使う。意味不明なゆえに種々のイメージを発光するエキゾティックな詩語として、古語を活用すると述べる。

このことを一つとっても、折口が前衛的な思考をもつ詩人学者であることがわかる。彼のなかで古典は、血の通わぬ使い古された近代のことばを活性化するビタミン剤である。あるいはより烈しく、古語の力で近代のことばを破壊することも夢想していたであろう。

折口の論考の文章は柳田のそれに比べ、まじめに明晰に論理的で、英訳にいたく適する。読んでいると、同時に英語の文章がイメージされる。ある段階から折口は、英訳のイメージを脳裏に流しながら思考し、口述していたのではなかろうか。

じっさい晩年には、英訳を意識し、天明期以降正岡子規までの近代俳句を短詩に仕立てる、「英訳俳句草稿」（昭和二十三年）の試みもおこなっている。日本語の限界打破の発想を、創作者としても折口は早くから独創的にもつ。現在二十一世紀のグローバルな世界文学の興隆とそれにかかわり日本語の命運を問う問題意識の渦中に、半世紀以上も前から折口は立っていたといえる。

この比類ない古典学者のなかで、古典や古語はつねに、未来語の可能性と直結しているのである。

それにつけても故人がひそかに最も望んでいたであろう『死者の書』の英訳が、そろそろ成されてよい。「した　した　した。」という幽暗な響きがどう訳されるかなど、想像すると胸がおどる。英語を書くのに堪能であったら、折口自身が必ずやおこなったはずの、試みである。

豚の煮こみと源氏物語

折口信夫が、年功を積むすぐれた源氏よみであることは、あまり知られていない。ましてその古代学の主要な軸が、古事記や万葉集もさりながら、源氏物語にもしっかりと根をおろすことは、世間的には著名ではない。

折口の探求する〈古代〉とは、いつの時代にも姿を変えて遍在し、生きのびてゆく〈古代的要素〉をさす。晩年の弟子の池田彌三郎のよく指摘する点である。ゆえに折口の古代研究とは、時代区分としての古代に当る、大和・飛鳥時代のみを対象とするものではない。

およそ近代より現代まで、すべての時代を越え、網羅し、そこにサバイバルする〈古代〉を追う。万葉集を評し、伊勢物語、大和物語をよみとき、徒然草、義経記、井原西鶴、近松門左衛門、芭蕉と、自在に駆けまわる。

つまり専門分野を限定することは、折口の古代学にとってはナンセンスきわまりない。おおらかで寛闊、風通しがよい。ひとつひとつの作品の深層にまでとどく鑑賞力というミクロと、日本民族がこの列島に棲みつき、しだいに内陸に進出し繁茂する光景まで視野におくマクロな歴史的まなざしの両様がそこには働き、たぐいない刺激やゆたかな連想、暗示を無数にはなつ。

しかし全域を越えて〈古代〉の断片を拾いあげ、つなげるとは、実はなみなならぬこと。柳田國男が周囲の研究者たちに、決して折口君の天才的手法はまねしないようにと訓戒したのも、むりはない。

折口の古代研究には、中学生の頃より青年期まで、うわさに上るほど家の蔵や上野図書館の本を読みつくし、つらい徒歩旅行をして生活の民俗に触れ、歌を詠んで感性と表現力とをきびしく鍛えつづけた、たゆまぬ求道による大きな自負と自恃が、背景にある。

ところで源氏物語に話をもどすと、折口は生涯、古代的要素を色濃く映し、かつそれを最高に洗練させ昇華したこの王朝のロマンを愛し、考究した。国学院大学と慶応義塾大学に源氏物語の講座をひらき、若い人々に読みときつづけた。晩年、太平洋戦争の悪化で大学で教えられなくなった時は、自宅で有志による講座「源氏木隠会」を持続した。源氏を読む灯を決して、絶やさなかった。空襲警報のあいまに、源氏物語をひらきつづけた。

折口の読む源氏物語とは、骨太である。この物語を進行する宮廷のやわらかい廻りくどい女ことばに、読む側が巻きこまれ、負けていない。張りあっている。因循な文脈がやんわりと隠す光源氏の権力への欲望や、王者としての怒りをまっすぐに見つめる。ときには、優美な王朝の貴公子としての光源氏の姿など、ふっとんでしまう。

源氏物語に対するに、まことにつよい読者なのである。これを、花鳥風月とともに美をきわめて遊ぶ貴族の、優雅な生活をうたう恋愛詩として享受する読みのながい歴史に、打ち負かされない。ましてやこれを、みだらな艶書として見下してきた中世以来の道徳的偏見などは、こっぱみじんにしてみせる。

折口は源氏物語を、日本のふるい物語の正統として、まず位置づける。そのなかに、作者じしんも気づいていないであろう、古代の神の物語の種子を見いだす。光源氏とはつまり、神のさすらいの旅と鎮まりをものがたるその種子より生まれでた、古代の神のおもかげを継ぐ誇りたかく剛毅な王たちの末裔に他ならないと、看破する。

源氏物語論の一冊は折口にはないけれど、大学での長年にわたる講義を、弟子たちが記録したノートが残る（旧全集ノート編、ノート編追補　源氏物語）。〈貴種流離譚（きしゅりゅうりたん）〉を説く彼の文学史の随所にも、源氏物語への考察がある。そして、太平洋戦争直後に、皇室への言論統制の解かれるのを待って、あふれるように発表された、数篇の気迫こもる源氏物語エッセイがある。その他に、舟橋聖一、堀辰雄、川端康成、谷崎潤一郎、西脇順三郎などの同時代の文学者たちと、源氏物語について語らい発言する対談・座談の記録も残る。

それらを総体的にながめると、紫式部という一人の女性作者の手による長篇恋愛小説という、ある種の文学的幻想を、折口がはなから持っていないことに気づかされる。きわだった特色である。

大きくうねり、曲折し、横のエピソードも多彩な、つかみどころない巨人のような印象さえ与える光源氏を描ききることは、宮廷の女部屋を出ること少ない一女性になしおおせることではない。折口はそう考える。

書物の貴重な時代の当時の読者とは、物語を書き写し、あるいは口頭にて語りつたえる、一種の作者でもある。物語に心酔する読み手が書き写すうちに物語に書き加え、物語を継ぐ続篇や番外篇を創出することが、もちろんありうる。

あるいは上手な書き手が、仕える貴人や周囲の人々にたのまれ、書き継ぐ場合もある。この雄渾な、世界文学に比肩しても突出した長篇小説にはあきらかに、宮廷の女房や、女房とおなじく書くことにすぐれる男性隠者が複数かかわり、その成長を支えていると考察する。

そうかなるほど、一人の作者が一つの作品を書き、そのオリジナリティーが守られ、作品が出版されてすぐに本として固定する近代の出版イメージを、まず私たちの頭からとり払い、古典を読むこそ理にかなうことと、気づかせられる。

そのかみの物語は、少数書き写され、たいせつに人の手から手へと渡り、テキストとして固定しないまま長い時間を経る。いわばその間、生きて動いているのだ。

それに一方、書かれずにひたすら、巫女や芸能者により口頭にて語られつづける宗教的な物語の存在もあり、ふとしたきっかけでその双方がむすびつき、一つの物語となる場合もある。なにしろ物語は、生きものだから。

たとえば折口は、光源氏を主人公とする物語系に対し、紫の上を中心とする物語系があったと考える。後者はもともと、女性宗教家が語っていた、尊い女性の生い立ちからその成長をとく物語で、それが光源氏の付属の物語としてある段階で関わり、結びついたとする（『日本文学史ノートⅡ』旧全集ノート編三巻参照）

また、源氏物語に「竪の並び」（年代順にストーリーが進む）と、「横の並び」（同じ時間の別のできごとを語る）との二種を想定する仮説も、おもしろい。縦横に、それら幾つもの小さな物語が誕生しては互いにからみあい、「一門の物語」としてまとまってゆく化学変化のような様相をもって、源氏物語の生成を想像する。

生きものとして長い歴史のなかに変容し、成長し、転々する歌や物語を自在にあつかうこうした手さばきこそ、折口文学史の大きな醍醐味である。

と同時に、作品をこまやかに読み、作者さえ気づかない深層のテーマをすくい上げてさし示す卓越した批評性が、折口の源氏論をひときわかがやかせ、画期的なものとしている。

それまでの誰がいったい、こんな怒りすさまじい、一人の有望な若者のいのちをさえ絶やす、おそろしい王者としての光源氏を見いだしたであろうか。誰がいったい、父の最愛の妃を盗み、その因果が老いゆく自分の身にめぐり、第一と重んじる妻を若者に盗まれる、光源氏の晩年の悲痛と反省、ふかい贖罪意識に光をあてたろうか。

折口は若い頃はまず、〈貴種流離譚〉として古代の神のさすらいの物語の系譜をひく、源氏物語をアピールすることに力を尽くしていた。もちろんこれも、王朝貴族文化の産物として源氏を固定する従来の文学史観をこわす、清新な説である。

そこで折口の注目するのは、もっぱら須磨・明石の巻。母におもかげの重なる藤壺の宮との密事があって、都より海辺へ追いやられ、嘆きつつ鄙をさすらう源氏の悲劇の背景に、月の都より地上へ流されたかぐや姫や、海の彼方の常世より舟でこの国土にたどりついた少彦名神など、古代のさすらう幼神の物語の系譜を透かし見る。

風土記にしるされる古社の物語をはじめ、折口の調査によると日本各地の古社の由来記には、他界から来てさすらい、そこで息絶えた天女や姫君、幼い子どもを神として祭るはじまりを説くものが実に多い。これこそ折口の唱える、〈まれびと〉神の一つの原像でもある。

日本文学はそれゆえに早くから、この流され神の悲劇を主題とし、発達した。悲劇文学こそ、文学の本格となった。神のさすらい、ひいては神に近い貴人のさすらいの物語〈貴種流離譚〉こそは、古代より日本人の情操を育て、感性としての〈もののあはれ〉を湧出させた泉でもある。よって古来より、本格的な物語の主人公は、さすらいの悲劇を負わねばならぬ——源氏の作者も決して、この暗黙のルールを忘れてはいなかった。光りかがやく貴人に、物語の約束としての流謫の悲傷を与えている。

折口のこの推断において、平安期の貴族文化の産物とされてきた源氏物語はそのいましめを解かれ、あざやかに古代の叙事詩に着地する。これぞまさしく、〈古代〉を追求して時代区分を超える、折口のスーパー文学史の大胆な見取図である。

しかし一方、須磨・明石の巻にのみスポットライトを当てていささか単純、〈貴種流離譚〉を押し出すのに手いっぱいで、物語ぜんたいに視野がゆき届いていない不満もいだかされる。源氏物語の内なる〈古代〉への探索が、作者さえ気づかぬ物語の深層にまで到達し、卓抜した読者ひいては批評家として、世界文学としてのこの長篇小説の格の大きさをつかみ出すのは何といっても、折口の戦後の源氏論である。

愛する養子の春洋を硫黄島に出征させ、失意の日々をすごす老境の折口が注視するのは、光源氏の老いを描く若菜の巻とその周辺。この巻では最高の人として君臨する六条院（光源氏）の人生の結び目に、深刻な影がさす。

紫の上を傷つけてまで迎えた正妻・女三の宮に、拮抗する大臣家の若き後継者が密通する。「自分の足もとにもよりつけぬ男が、唯若いと言う一点だけで、一度だって人に遜色（ひけめ）を感じたことのない自分から、愛を盗んで行った」（「伝統・小説・愛情」）六条院のくやしさと虚しさを、折口はこまやかに汲む。

しかもこれは、六条院の個の危機であると同時に、家の危機でもある。ひそかな不義の子まで宿した若い二人は、いわば六条院の支配する王国とその王権にさからう反逆者なのであり、しかも女三の宮とは、皇統に直結するキー・パーソン。これを見すごしては、敵対する大臣家に力を与え、六条院家はほろびる。

「底知れぬ陰忍の激情」を人知れぬように耐え通し、六条院は間接的に若い恋敵を殺し、女三の宮を出家へと追いやる。報復をはたし、かつ不義の秘密をも守り切る。ここに折口は、王権を侵されることへの古代の王の怒りを見、自身をうらぎった最高の女性をその恋人とともに山野の末にまで追いつめて殺した、雄略天皇につながる姿をかさねる。

しかし読みの深いのは、これより先。古代の王の末裔である源氏は一方、新しい時代に生きており、仏教への帰依も深く、あられない自身の復讐を情けなく身にしみる。これはかつて、若き自身が父帝の妻と通じた、その罪の応報にも他ならぬのでないかと思いいたる。罪のはじまりは自分にこそあったと、自覚する。

光源氏の晩年を染める贖罪意識を指摘しつつ折口は、従来もっぱら読まれてきたように源氏物語とは、決して享楽の書ではなく、罪の意識に深く苦しみながら、さいごの王者が気韻高く羽ばたき、清らに生きることをめざす、大いなる「反省の書」として平安期に屹立するととらえる。

恋の悦楽の書としてでなく、恋ゆえに自身の内なる罪に思いいたる「反省の書」（昭和二十五年「反省の文学源氏物語」）としてこの古代末の最大の恋愛文学をとらえる折口の心底には、日本人にはキリスト教徒のような原罪意識がないとの戦後の国際社会よりの批判も、明らかに響く。敗戦とはすなわち、キリスト教に負けたことであると、晩年の折口は考えていた。これに対抗するため、スサノヲノミコトをイエスに拮抗する愛の神として位置づけることも試みていた。光源氏に内在する深い贖罪意識を照らし出す視野にもどこかしら、人間の原罪を教えさとすキリスト教への意識が感じられる。

ともあれ、「伝統・小説・愛情」（昭和二十三年）、「反省の文学源氏物語」（同二十五年）などで、折口のよみとく源氏物語に接した堀辰雄や神西清、中村真一郎らの若い作家が、新しい時代の中でさいごの王者として苦悶する光源氏の姿に感動し、そこにプルーストやトーマス・マンの長篇小説に通底する大いなる斜陽の主題を読みとったのも、むべなるかな、なのである。

その意味で折口は、〈古代的要素〉をたどることを通して誰よりも先に、すぐれた近代小説としての源氏物語をつかみ出したのだといえよう。

前述したように、折口の生きた時代は決して、源氏物語が高く評価された時代ではない。折口は、師の三矢重松国学院大学教授より「源氏物語講読」を受けつぎ、大学で源氏の講座をひらいたけれど、そのこと自体がやや白眼視された。古代生活を映す最高の文学として源氏物語を愛し、その研究に生涯をささげた三矢教授も、世間的な栄達とは縁がなかった。じみな研究生活を送った。

源氏物語を愛し、研究するとはゆえに、反骨精神の表われでもあった。折口の読みが貴族文化へのあこがれに決して流されず、主人公の深層の悶えと葛藤に注視するのは、貧しさと聴力の喪失に耐える三矢教授の精神の支えも大きいのかもしれない。

若く無力な頃に恩師よりこうむった温愛を、折口は随筆のそこここに記している。特に、冬のきびしい寒さの中で外套を買うこともままならぬ若者の貧しさを、師は若者に恥をかかせぬよういたわってくれた。三矢教授の奥さまは料理が上手で、大鍋いっぱいに豚肉と大根を煮て、熱いところを美味しく弟子たちにごちそうした。

三矢家も貧しい中からくふうして、若者にお腹いっぱい食べさせようとしてくれたのだろう。折口の源氏物語論のはじまりには、そんな豚の煮こみの匂いの思い出もからまっている。だから定番の優美な貴族文化の香りなど吹っとばし、骨太なのかもしれない。

乱菊と母

なにげない田舎の家があって、よく日のあたる縁側がある。秋のこととて庭には、こぼれんばかりに乱菊が咲いている。

乱菊は、とりわけ狐のこのむ花だという。秋風にゆれて上下する大輪の花の風情にほうっと見とれるうちに、縁先に立っていたうつくしい女房はこころをうばわれ、心身の気がゆるみ、うっかり本来の姿にもどってしまう。

と、泣きじゃくる我が子の声がひびき、われに返る。そばで昼寝していたはずの子どもが起きあがり、お母さんが狐になったとしきりに恐がり、泣いている。

ああ、今はこれまで。元の世界の姿を見られたからにはここに留まることはできないと、葛（くず）の葉という名の若い母は、とっさの機転で家の障子に夫と子どもへの別れのことばを書きしるし、びょうと行方を消してしまう。

その別れのことばとは、ようやく乳離れしたばかりの子どもを案じ、自分の帰る元の世界を暗示する、次なる哀しい歌。

恋しくば、たづね来て見よ。和泉なる信太の森の　うらみ葛の葉

恋しくなったら、この和泉の国の野の向うにひろがる丘陵のふもとのあの、信太の森に訪ねておいで。秋の葛の葉が白い裏をみせて風にそよぐように、愛しいあなたたちと別れねばならぬ異類の身を恨み、信太の森にひそんでいる狐なのだから、わたしは――。

この歌にみちびかれ、そののち母を恋うて泣く子を抱き、父親が信太の森へ入ってゆくと、青ざめた顔の女房が姿をみせたという。

詩人学者としての折口信夫の本領をよく滴らせ、母恋いの感情を秋の粛条たる風光とともにつづり、谷崎潤一郎や堀辰雄、大岡昇平などの作家をも深く魅了した、名論考「信太妻の話」のなかの一節である。

この論考は大正十三（一九二四）年に発表され、のちに『古代研究　民俗学篇一』におさめられた。

今の私たちが「信太の森」とか「葛の葉狐」と聞いても、ぴんとこないかもしれないが、折口の育った子ども時代に「信太妻」とは、「さんしょう太夫」や「しゅんとく丸」などと同様、お母さんやお祖母さんがしてくれるお話の定番だった。おとなも子どもも、よく知っている。

ある日、男が野原で狩人に追われる狐を助け、その帰り道に美女に出逢い、縁あって結婚する。

男の子も生まれ、その子は童子丸と名づけられ、親子三人で幸せにくらす。けれどある秋の日、菊のさかりの折に……。

子どもたちはお話を聞きながら、まるで自分が泣きじゃくる安倍童子(あべのどうじ)であるかのように、とつじょ去っていく母の神秘的なうしろ姿をせつなく追っていたのにちがいない。

とりわけ折口にとって、狐女房が帰っていったと伝えられる信太の森とは、大阪府和泉市王子町の聖(ひじり)神社の境内にあるので、生家の木津村にさほど遠くない。ふるさとのなつかしい伝説であったはずだ。

折口の「信太妻の話」はまず、この哀切な子別れの伝説が根の深いものであり、世々の日本人のこころにつよく響き、うったえ、ゆえにながいあいだに多様な作品を花ひらかせた、文芸のゆたかな種子であることに注目する。

たとえば江戸時代の戯曲には、この狐の子別れの悲劇がめだってよく活用され、近松門左衛門にも紀ノ海音にも、信太妻ものがある。もっとも有名なのは、竹田出雲の浄瑠璃「蘆屋道満大内鑑(あしやどうまんおおうちかがみ)」で、ここでは狐妻をそうと知らずにめとるのは、安倍安名(やすな)という設定になっている。狐と安名とのあいだに生まれた「童子丸」という子どもこそ、のちの陰陽師、安倍晴明で、彼が超常的な力をもつのは並みの人間でなく、母が狐だからという落ちがつく。

折口は小さい頃から観劇が大好き。場末の芝居小屋にさえもわくわく通ったほどなので、自分をふくめ多くの人々を感激させてきた、それらの演劇の台本のあいだを楽しそうに泳ぎまわり、私たちに紹介する。

　けれど一方その楽しさにおぼれず、完成された戯曲群から何とか、後世の粉飾を剥がそうと目をみはる。それらの中に落ちちらばり、かいま見える古代の伝説の断片を必死で拾いあげ、古代を復元しようとする。

　おそらく神への信仰に深く関わる伝説が、洗練され昇華されて、文学や芸能を生む。のみならず、そうしてできた文学や芸能が消費され尽くし、いつのまにか洗練を失ってふたたび伝説のなかに吸収される。あるいは、新たな伝説と化す。――そんな、一筋縄でゆかない伝説と文芸との生成の入り組みが、こまやかに追求される。

　原(ウル)・信太妻伝説を追いかける折口は、それがたえず「流動」するものだとわきまえている。「伝説の流動性の豊かなことは、少しもじっとして居らず、時を経てだんだん伸びて行く」と、理解する。

　そのしなやかな生命力こそが、ゆく先々で多彩な作品を生むエネルギーとなるわけだけれど、その変幻の中に伝説本来の姿をつかむのは、根本的矛盾ともいえるほどに困難。しかしその困難に、折口はゆうゆうと自信をもって取りくむ。

　まず彼はあらためて見わたす。そらごととしての文芸の世界のみならず、奈良時代以前の伝承を集める『日本霊異記』のなかにも、狐妻の存在がしるされることを。そんな異類の妻の伝承が、じっさいの民俗生活にも散見されることを。

たとえば田舎の旧家にはしばしば、その系図に、狐を母とする人の存在がからみつく。大名や武家にもこのことがあり、知将として名だかい小笠原長時（ながとき）の母の母は狐だったとされる。蒲生氏（うじ）郷（さと）も、狐の子と伝えられる。

そうしたパターンは狐のみならず、蛇と人間のあいだにもみられる。蛇が人間の娘のもとに通う三輪山伝承がその象徴ともいえるけれど、三輪神社に使える神人の系統をひく、九州の旧族・緒方氏の先祖は蛇であったと伝えられる。緒方氏の代々の家長はみな、背中に蛇のうろこを生やすという。

しだいに聖痕の問題にも分け入る折口の口調は、独特のうす暗い情調をもまとう。そうした家筋の人々は、異能をもつとされ、尊敬される一方、なみの人間ではないと恐がられ、卑しまれたりもする。しかしここにまぎれもなく、古代生活の断片がある。目をこらせば、動物を先祖にもつ家は、日本に決して少なくない。狐の子が四つの乳首をもつなどされるように、「日本中に、鱗（うろこ）や八重歯を一族の特徴とする家が、かなりある様である」。

折口の思考は時代をこえる強い風速をはらむ。それはあっという間に江戸の文芸の波を押し分け、波にのり、古代の村落生活における異族結婚の風景へと私たちを連れてゆく。その過程で、これは人ごと、そらごとではない。もしや私たちの身体のどこかしらにも、異類の血のしるしが刻まれているのではないかと、妖しいおののきを与える。

大正十（一九二一）、十二（一九二三）年の二度にわたる沖縄採訪旅行の成果をもおおいに取り入れて折口は、動物先祖の伝承は、古代のトーテミズムの残留に他ならないと、あざやかに大胆に解析する。

トーテミズムとは、ある特定の動物や植物のなかに、人間の魂の源が入っているとする信仰。古代の氏族制においておそらくこの信仰はつよく保持され、一族によってその動・植物は共通する。なのでそれを傷つけたり喰べたりすれば、一族ぜんたいのいのちの源が枯死すると考えられる。

これはイギリスの民俗学者フレイザーらが早くに唱えた、アーリアン民族に広くみられる古代信仰であるけれど、折口は沖縄の民間伝承を聞き書きするうち、トーテミズムは古代日本にもあったことを実感した。

沖縄の先島（八重山・宮古諸島）で折口が聞いたところによれば、島には祖先がワニであるとか、海亀、鮪(まぐろ)、南海特有のジュゴン、あるいは犬であると伝える家々が少なくない。そんな家々では決して亀や鮪を食べないとか、あるいは逆に喪の席で、一族そろい、それらを共食するなどの習慣がある。

いずれにしても、人間と特定の動物とのあいだに何かの強い絆があり、ゆえにタブーがまつわる。沖縄でこうした民俗を聞いて、折口があざやかに連想したのは、古事記における異形の妻たちの物語。トヨタマヒメは大ワニと化し、ヒナガヒメは海蛇と化す。

たとえば、トヨタマヒメ。海神の娘の彼女は、陸の山を支配するホヲリノミコトと結婚し、子をはらむ。海のなぎさに建てた産屋(うぶや)でヒメは出産するが、決してのぞかぬようにとするヒメのことばを破り、夫は産屋の妻をうかがう。と、ヒメは巨大なワニの姿に。元の世界の姿を見られたからにはこれまでと、トヨタマヒメは嘆きつつ、赤ちゃんを夫に託して海へと去る。

これなどは、狐妻の伝説にそっくり。ほんとうに妻がワニであったということではもちろんなく、沖縄の民俗を援用すれば、ワニとは、妻の生まれた元の村のトーテムなのにちがいない。結婚して異郷に来ても、彼女はひそかに族霊のワニを拝むのにちがいない。

異族の妻をめとり、彼女たちが信仰をささげるトーテムに対し、異族ゆえの嫌悪と恐怖をいだく古代の村落伝承のなごりは、このように古事記にもいちじるしくつづられる。

古代生活を想像する折口の論理によると、異族とは必ずしも、海や山こえ遠い地にすむ人々を指すのではない。信仰する神が異なれば、それはもう異族の人々。村落ごとに信ずる神がちがうのだから、ほんの隣の村とて、異族の棲む地ということになる。

ゆえに異族の男女どうしが結婚することはままあって、しかし互いの信仰は融和しない。とくに女性は、神に仕える巫女としての資格を誇りとするゆえ、夫の一族の神にしたがうことは、ありえない。

この無理矛盾は、特異な結婚の作法にて、どうにか支えられる。略奪婚の形がとられ、女は男にむりやり奪われ、よぎなく異族の村にいると意味づけられる。しかし子どもが生まれ、その子が乳離れする頃になると、女は子を置いて自分の元の村、元の神のもとへと去らなければならない。

　こうした特異な異族婚がながい歴史のあいだにくり返され、その子別れの悲劇が神話にしるされ、文学や芸能のゆたかな種子となり、いくたびも物語られ、演じられることになったのであろうというのが、折口の仮説である。

　母が狐であるとか、蛇やワニであるとするのは、母が仕える「本の国」の神の暗示である。トーテミズムより派生する古代の結婚の特徴をあざやかに照らし出しつつ、折口は、「子を生む事が成婚の理由でもあり、同時に離婚の原因にもなった古代の母たち」の哀しい涙をおもい、ほうっとため息づく。

　じつは「信太妻の話」とは、古代の異族婚の軸より、さらに多彩に多様に展開する。折口の思考と推理は自在に伸びひろがり、さらに「妣が国」「日本の神々と、動植物との交渉」「使はしめ」「いけにへ」「童子」「漂泊布教して歩いた者の口に生まれた語り物」などのテーマにからみつき、とどまることを知らない。

　その意味でこの論考は、それ自体がまさに流動する生きもののような印象を与える。しかし今は、そのすべての動きを追うことは控え、その代わりにもう一度、詩人学者の折口の感激の原点に立ちもどっておこう。

　折口は、多彩に派生する狐妻もののなかで、最も素朴な伝説の原形を残すのは、説教節の「信太妻」であると、論考のはじめにまず説いていた。

この中世の口承文芸は、おそらく古代の神の来歴について語る宗教叙事詩を母胎とし、そうとうルーツは古い。前述のように説教節では、ある秋の日に縁先で乱菊にみとれ、ふっと狐にもどった母の姿をおさない童子丸が発見し、母子の別れにいたるという筋立てで、この運びがまことに自然、入り組んだ男女の愛情劇に仕立てる他のどの戯曲よりも、腑におちる。

異族の男女による古代の家庭生活のひみつの結び目を、とくに母がそっと隠れて拝む元の村のトーテムを、思いがけず子どもが見つけてしまうのは、古代生活をよく映す。また、神託をあずかることも多い、子どもの古代的な霊性をも暗示していよう。

それに子を生むことが同時に、異族婚の成約であり解約に他ならないのだから、母を恋うて泣きすがる子どもにスポットライトが当てられるのは、古代の伝説としてまさしき形と、折口は説く。洗練された近世文芸では、妻のひみつを夫があばくという男女の愛情劇になるパターンがめだつのだ。

こうした理を積む推測もさりながら、ともかくも――折口は、説教節が声をはりあげてうたう、菊花に見とれてみるみる一匹の狐と化す若い母のうつくしい哀れな幻影に、深くこころを打たれていたのだろう。

この母恋いこそ、異族婚のさかんな古代より伝えられ、世々の日本人のこころを清めてきたみごとな民族の詩であると、賞美していたのにちがいない。

とともに――、父母のいとなむ家庭に、父系と母系の異文化の相克する亀裂が走り、どう繕いようもないその断裂をのぞきこんでしまう子どもの恐れと悲しみをも、折口の視野はあざやかに照らし出している。それは、結婚の根源的な問題を、私たちに普遍的にうったえる。

男女が結ばれることは、本質的に異族婚なのであり、子どもとは本来的に、異文化のはざまに引き裂かれる存在といえる。

とりわけ折口は、性情も環境もあまりに異なり、日常ではほとんど口を聞くこともなく暮らした父母のあいだに生い立ち、引き裂かれる子どもとしての苦悩にまみれて生き切った人。自身が生涯、安倍童子丸であったかもしれない。

「信太妻の話」とは、そんな折口によって提示される、普遍的な結婚の文化論としても読める。

天上の花を織る

『死者の書』は昭和十八（一九四三）年、太平洋戦争下に出版された小説である。時に折口は五十六歳。ほぼ四年前から構想していた歴史小説で、舞台は奈良朝の末。藤原南家の聖なる乙女をヒロインとする。大伴家持や恵美押勝なども登場する。

乙女は、二上山に葬られた反逆者の無念の魂と交感し、洞穴で目をひらく彼のために経文を書写し、彼がその裸身にまとうきものを蓮糸で織る。虚と実がみごとに融け合い、古代の知と鎮魂の精神が、新しい時代の仏教へと流れこむ水脈を描く。

『死者の書』のなかには不可思議な音や声音（こわね）がゆたかに響き、この小説の内奥に光りかがやく魂の神秘のありかに私たちをいざなう仕組になっている。

はじまりの闇のなか。何もかもが凍りつく岩窟で、目ざめた死者がさいしょに耳にする春の雪どけの水の音――「した　した　した。」にはなぜだろう、一瞬で心をつかまれる。

その死者が、見そめた聖少女の寝床をおとなう「つた　つた　つた。」なる深夜の足音も忘れがたい。能楽のすり足で近づく能面の無表情の表情が、夜のしじまに浮かび上がる。

ところでもう一種、それらの強烈な音におとらず謎めいて響く印象的な音がある。音のようなつぶやきのような、詩や経文のような軽やかでたのしげな、神聖な音。

ちょう　ちょう　はた　はた。
はた　はた　ちょう……。
はた　はた　ゆら　ゆら。　ゆら　はたゝ。
はた　はた　ゆら　ゆら。

これは、春から秋にかけてのもの忌みの日々に、肌はやせて透きとおり、黒瞳のますますきらめく姫ぎみが、命をほそらせ織る織物の、梭(ひ)がかなでる妙なる音。

姫の高機(たかはた)にかかるのは、ふつうの絹糸ではない。「蝶鳥の翼よりも美しいが、蜘蛛の巣(い)よりも弱」い蓮からとった糸をつかうものであって、古代日本では初めてのこころみであるだけになかなか成しとげられない。梭からようやくふうわりと、春の雲のように湧き出た織物は、たちまち幾筋かの糸がてごわく筬(おさ)の歯にひっかかり歯を欠けさせ、そのたびに寸断される。

ちょう　ちょう、とは蝶の羽のような蓮糸の軽さとはかなさの喩。はた　はた、とは機(はた)をさし、そしてまた羽た　羽た——鳥の翼のはためきをも暗示していよう。

蝶　蝶　機　機。

羽た　羽た　蝶……。

小さく口ずさむうちにいつしか、機の前にすわる姫のすがたまで、蝶や鳥に変わるよう。自身の羽をむしり取っては夫のためにこの世にありえない織物をおる、昔ばなしの哀しくけなげな白鳥女房をほうふつさせる。

そして夢のなかで「化尼（けに）」に会い、その教えにて蓮糸を織るすべを姫が会得したとたん、「ゆら　ゆら」と新たに加わる響きは――呪具としての玉が触れあって鳴りいづる霊妙な音であるのにちがいない。

折口によれば、古事記や万葉集などの古代文学には特徴的に、「玉が触れ合う音」に対する、「古人の微妙な感覚」（「万葉集に現れた古代信仰」）が表わされているという。

魂を内蔵するシンボルとしての玉。その玉と玉とがふれあうことにより魂がゆたかに栄え、あるいは力づよく新しい魂が誕生する吉兆を、「瓊音（ぬなと）もゆらに」などと歌いはやす。

ならば「ゆら　ゆら」とは、一心に蓮糸織りを手がけるうちにそれまで全くの受け身として生きてきた高貴な女性としての垣をこえ、自身でも思い考え屈託し、新しい知をその手に受けるにいたった藤原南家の姫ぎみの、内側から光りいでるような新しい魂の誕生を、機を織る姫の身心の揺れ動きにかさねて美しく言（こと）あげする音色、そして呪詞であるといえよう。

そしてやわらかな二音のくり返しによる「ゆら　ゆら」の優しい響きにはどこかしら、姫を抱きとめて眠りと夢にいざなう揺りかご、おさなく弱々しい魂をそのつぶらな空間のなかに入れてゆらゆら揺らし、ゆっくりと魂を成長させる揺りかごの、母性的なイメージも絡みつく。

『死者の書』の日の光りかがやく虚空にはこのように、新しくゆたかに誕生した女性の魂のあかしとしての、霊妙な織物が巻きひろげられている。

「彼の人」の横たわる岩の臥所(ふしど)の闇とは対照的に、蓮は夏の太陽をあびて育つ花。そのみずみずしく太ったみどりの茎より採ってつくる蓮糸の織物こそ、この太陽信仰の変遷を追う歴史小説の一面にふさわしい。

織り、縫う女性の手わざとは、古代日本の仏教興隆をめざましく支える祈りのはじまりの表現であり、死者のおもむく死後の世界を先駆的に可視化する、うつくしいイマージュの泉でもある。

*

それにしても蓮糸は、ほんとうに織ることができるのだろうか。

小説後半には、夏の太陽の下で姫の侍女たちが蓮の糸つくりに専念するようすが、こまやかに描かれる。


「板屋の前には、俄かに、蓮の茎が乾し並べられた。さうして其が乾くと、谷の澱(よど)みに持ち下りて浸す。浸しては晒(さら)し、晒しては水に漬(ひ)でた幾日の後、筵の上で槌の音高く、こも〲、交々(こもごも)と叩き柔らげた。(中略)

日晒しの茎を、八針に裂き、其を又、幾針にも裂く。郎女の物言はぬまなざしが、ぢつと若人たちの手もとをまもつて居る」

それまでは、夢魔に憑かれ、落日の光の中をただよっていたような姫ぎみ、藤原南家郎女。奈良の館から遠くはるか西にそびえる二上山より死者の呼ぶ声にみちびかれ、彼女は館を出奔して二上山のふもとの、当麻寺の境内にさまよい入ったのであった。

奈良朝末期、寺院は女人禁制をまもる。浄域をおかした罪のあがないにと、姫はそのまま当麻の里の荒れた庵に止めおかれ、館から駆けつけた乳母や若い侍女が巻き布をといてふうわりと張りめぐらし、このいたいけな貴い女あるじをかばった。

春の陽気に姫も古代の女のする野遊びに浮かれ出たものかと、一応まわりは首をかしげながらもそう合点し、傷ついた蝶をそれ以上弱らせないように、黙してしずかに姫を見守る。

姫の周囲にめぐらされる仮仕立の几帳は、彼女がこもる白い繭のよう。物語は春から夏へとうつろう。

しだいに強くなる太陽の光に目ざめるように、繭のなかで姫もしだいに正気づく。うつつなく瞳を空にむけるのみであった郎女の「心に動き初めた叡い光り」が増してゆく。

彼女を目ざめさせたのは無聊のもの忌みの日々にも何かをつくり出さずにはいられない、若い女のいきいきした生活力でもある。

ある日、農家の女にまじって侍女たちは寺の蓮田へゆき、「張り切つて発育した」蓮の茎をたくさん採って帰ってくる。両手両足どろだらけ、おもそうに茎をかかえて「廬(いおり)の前」にずらりと並ぶ娘たちを見て、ふだんはいかめしい姫の乳母たちも大笑い。

せっかくの立派なみどりの茎。娘たちは何のためというでもなく、「何もかも忘れたやうになつて」茎を乾かし、裂いてはそれをより合わせ、蓮糸を「績(う)み貯(た)める」日々を送る。

そうして働くことで身心がやすらかに落ちつくことを本能的に知るために。また、以前に姫が没頭した写経にもいささか似て、無心に手を動かすことが浄い祈りに通じ、ひいてはあるじの姫の罪のあがないの助けになるのではないかとも彼女たちは感じている。

その思いは姫にも感染し、彼女は奈良の館から高機(たかはた)を取りよせ、天竺すなわちインドにしかないと言われる「藕糸(はすいと)織り」を、みずから試みるのである。

もちろん、当麻寺にまつわる中将姫伝説、姫が寺領の蓮田の蓮糸で織ったとされる「当麻曼陀羅」をモデルとする。

巨大な古代のタピストリー、当麻曼陀羅にX線が照射され、かねて予想されていたように蓮糸でなく、絹糸で織られたものと判明したのは、もう二十年ほど前のことになろうか。

仏教の母国なるインドでは、現在もほそぼそと蓮糸織りの伝統を継承する村があるという。

イタリアの著名なデザイナーのロロ・ピアーナ氏は、その村を訪れて女性たちが守る古代の手芸に感動し、その村の蓮糸を染織家の志村ふくみ氏に託し、きものを織ることを依頼した。

その稀少な糸で志村氏は二〇一二年、空にひろがる曙紅のような女装束と、かがやく湖水を想わせる青碧の男装束との一対をつくることに成功した。人がきる衣というより、神への供物としての輝きをはなつ双体のきものである。

志村氏によれば最も苦心したのは糸染めで、蓮は泥中に生育するゆえに性（しょう）がつよく、なかなか媒染をうけつけない。みずからの白色をかたくなに守るという。

姫が織りあげた「上帛（はた）」も、月光にめざましく発光する純白をまわりの女たちに讃えられながら、「これでは、あまり寒々としてゐる。殯（もがり）の庭の棺（ひつぎ）にかけるひしきもの―喪氈―、とやら言ふものと、見た目にかはりはあるまい」と嘆かれていたことも、思いあわされる。

蓮糸とは伝説のなかの浄夢である。そうではあっても、折口が少年の日より当麻寺に魅せられていくたびも訪れ、古い世のタピストリーを見上げてはそこに、死後の世界の清明を織る女性の祈りの手わざを感じていたことこそ、たいせつな事実であろう。

とするなら私たちは、「当麻曼陀羅」のとなりにかの著名な、聖徳太子の没後その冥福を祈るために妃が発願したタピストリー、「天寿国繡帳」をならべてみてもよい。

今ひとたび――、姫の魂が繭ごもりの後に知の光を吸いあげて花ひらくドラマの舞台、二上山の周辺をよく見まわしてみよう。

いったいは、仏教興隆の中心者にして復活の伝説の濃くまつわる、聖徳太子および太子信仰にゆかり深い土地なのである。

このことは、それ自体が緻密な織物に似るこの小説の奥行に、ひそかに仕込まれた横の色糸であるにちがいない。

＊

二上山をはさんで当麻寺の向う、河内との国境にひろがる磯長谷（しながのたに）は、聖徳太子とその縁につらなる人々の眠る、いわば王家の谷である。そもそも当麻寺の創建には、聖徳太子が深く関わる。小説前半に二ヶ所のみ、そのことが語られる。太子についての言及は、これのみである。

「飛鳥の御世の、貴い御方が、此寺の本尊を、お夢に見られて、おん子を遣され、堂舎をひろげ、住侶の数をお殖（ふや）しになつた。（中略）その若い貴人が、急にお亡くなりなされた。さうなる筈の、風水の相が、「まろこ」の身を招き寄せたのだらう。よし〳〵墓はそのまゝ、其村に築くがよい、との仰せがあつた」

太子の教えによりそのみ子（弟）の麻呂子皇子が、当麻寺の礎である山田寺を建立し、しかしその半ばに亡くなった。太子の命によりみ子は、そのまま近くの小さな山に葬られ、ゆえにそれを麻呂子山という。

麻呂子皇子が眠り、大津皇子が眠り、さらに二上山をこえて聖徳太子が眠る地——。

ここを主要な舞台とし、新しい神としての仏を迎える古代末期の仏教興隆を描くこの歴史小説には隠然と、聖徳太子の存在が大きな影を落とすことが推される。

磯長谷は、現在は太子町と称される地域に存する。近鉄に乗れば、当麻寺駅から二つ目が上(かみ)ノ太子駅。

ここで降りて少しゆくと、南欧のリゾート地を想わせる白い家々のならぶ新興住宅地が忽然と現われる。のどかな当麻の里から来ると、空気が一変し、いささかとまどう。このあたりは、大阪の新しいベッドタウンにあたる。

その住宅地を大きく割り、広い幹線道路が谷へと降る。それを三十分ほども歩くと右手に、古代が飛び火するような黒々と年古る森に囲まれる寺が見える。寺名は叡福寺。

寺の内奥に、この谷のいのちの灯、聖徳太子とその母の穴穂部間人皇女(あなほべのはしひとのひめみこ)、妃の膳大郎女(かしわでのおおいらつめ)とが三位ともに眠る廟所、磯長(しなが)御陵がある。陵を守るために後年、寺が建てられた。

周辺には太子の父の用明天皇、伯父の敏達天皇、その妃で女帝もつとめた推古天皇の御陵が点在する。叡福寺向いには、太子の冥福を祈り、乳母や近親が喪に服したとされる寺がある。太子の懐刀、小野妹子のものと伝えられる墓所もある。

磯長とは、法隆寺のある斑鳩の地と拮抗し、太子の復活をうたう太子信仰の聖地なのである。

エジプトの古代の王の遺骸をつつむ衣であり、復活のための護符でもある〈死者の書〉を一つの重要なモティーフとして小説を計画する折口が、この王家の谷、磯長谷を意識していないはずなどない。

当麻寺よりみて二上山の向うの西方に磯長谷のあることを考慮すれば、春秋の彼岸中日に落日の光とともに山の端に出現する「彼の人」の幻影とは、陵の岩室よりよみがえったとされる聖徳太子の姿にかさねるのが、まず最もふさわしい。

山越しに幻視される「匂ひやかな笑みを含んだ顔」の巨人に、晩年の折口が関心をよせたイエス・キリストのイメージのあるのを先駆的に指摘したのは池田彌三郎、つづいて浅田隆である。なるほどそれは阿弥陀仏であり、キリストでもあろう。その奥に原形として、やはり厩にて生まれたキリストの転身とも、阿弥陀の化生とも伝えられる聖徳太子の面影がまずあることを、いま新たに提案したい。

大和から河内の境にかけてのいったいは、青少年期の折口が好んで歩いたところ。晩年の昭和二十五（一九五〇）年秋にも、柳田國男を案内して当麻寺の中ノ坊に一泊し、翌日、当麻から自動車で竹内峠をこえ磯長御陵に参った。

この旅に同行した岡野弘彦は『晩年の折口信夫』において、『死者の書』の舞台を折口は、師とともに歩きたかったのであろうと回想している。

二上山の麓のみでなく、山越しの磯長谷をもふくめて『死者の書』の舞台なのである。折口は若い日より太子廟所にもしばしば足を運んでいる。

そう考えれば、「彼の人」の魂がその内部の岩室によみがえる「栢の木の森」に守られた「円塚」とは——、さわやかな風吹きとおる二上山中腹の大津皇子の墓でなく、磯長谷の太子を葬る円塚に当てはめる方がふさわしい。

叡福寺の内奥に、くろぐろとした栢の森に守られ二重の石の結界をめぐらす太子の眠る廟所、円墳がある。白砂をしき開放的な通常の御陵のたたずまいとは、かなり異なる。

太子没後の平安時代、この円墳の土中より、太子のかいた未来記『太子御記文』が発掘され、世間は騒然とした。その後も何種類かの未来記が出土し、岩室のなかに太子は生きつづけ、未来を予言するとうわさされた。ここは高僧たちの訪れる、太子信仰の霊地となった（『日本人の心の原点・聖徳太子』磯長山叡福寺発行参照）。

おのずと新約聖書の、イエスの墓よりの復活が連想される。

香料をぬり亜麻布で巻き埋葬されたイエスの死骸は、善人ヨセフにより「岩を掘って造った墓」に埋葬された。ほどへてイエスを信ずる「女たち」が香料をたずさえ墓にゆくと、墓には亜麻布だけあって遺骸はなく、天の使いがイエスの復活を告げた。

「夜明け前に、女たちは用意しておいた香料を携えて、墓に行った。ところが、石が墓からころがしてあるので、中にはいってみると、主イエスのからだが見当たらなかった。そのため途方にくれていると、見よ、輝いた衣装を着たふたりの者が、彼らに現れた。（ルカによる福音書）」

イエスには女性の信仰者がめだって多い。やがて十字架にかけられるイエスへの「葬りの用意」としてその身体に最高の香油をそそぎ、十字架を背負うイエスの顔の血と汗を布でぬぐい、さいしょに墓所よりの復活を見とどけたエピソードのあるじは、みな女性である。

女は家にてひたすら家事と夫に従うべしとする古代律法のおきてを破り、女性にも知と信仰の世界をひらいた点に、革命者としてのイエスのひとつの大きな特徴がある。

この特徴は、あたらしい異教としての仏教の興隆をはかる聖徳太子にも大きく通底する。

太子がもっとも傾倒した法華経は、特徴的に女人往生を説く。男女へだてなく成仏できると説き、推古女帝の補佐としても女性を尊重した太子には、女性の信仰者がきわだつ。

太子を慕いその冥福を祈る彼女たちの発願により、死後の世界としての浄土を先駆的に可視化する優美な仏教芸術の生みだされていることを、忘れてはならないだろう。

とりわけ太子の死後、その往生した天寿国を「図像（かた）」にして太子の冥福を祈りたいと、太子の妃の橘大郎女（たちばなのおおいらつめ）の発願した「天寿国繡帳」とは——あきらかに「当麻曼陀羅」と対をなし、『死者の書』を書くさいの折口に濃く意識されていたものである。

諸説はあるが、大郎女が推古女帝にうったえ発願し、女帝が采女（うねめ）らに命じて刺繡させた「天寿国繡帳」とは、太子のための「帷（かたびら）」二帳であるらしい。

大橋一章『天寿国繍帳の研究』によればそれは、太子の帰依する阿弥陀信仰にもとづき、天人が舞い、霊鳥が飛び、宝池より無数の蓮のはなひらく西方浄土を羅に透かし、縫ったものとされる。

一張の中央には蓮華に坐す光かがやく阿弥陀三尊が、いま一張の中央には蓮池に坐して往生を遂げ、浄土に化生した聖徳太子が大きく配されていたのではないか、とも推される。

「帷(かたびら)」とは、太子の不死のからだを想定し、それに着せるきもの、あるいは棺をおおう経帷(きょうかたびら)のごときものだったのか。太子を銘じ、その魂のやどる場として生前のまま保存されていた寝床、枕のあたりにめぐらす鎮魂のための几帳の布であったのかもしれない。

『死者の書』のさいごに姫がみずから絵筆をとり、「藕糸(ぐうし)の上帛の上」に一気に描いたのも、紫と黄金の雲気の中央にあらわれる「尊者の相好」——阿弥陀仏のすがたであった。そこに山をこえて西の磯長陵によみがえる太子への思慕の揺曳をかさねることは、やはり大いに許されるらしい。

＊

金子啓明『仏像のかたちと心——白鳳から天平へ』は、白鳳から天平期にかけての清新な仏教芸術の誕生には、女性信仰者によって支えられる太子信仰が一つの重要な母胎をなすことを指摘する。

太子関係の寺院には尼寺がめだって多い。特に中宮寺は、法隆寺と対をなす「鵤（いかるが）尼寺」として同時期に創建され、そこには「尼僧を中心に聖徳太子を思慕する女性信仰者の集団」が存在していた。

天寿国繍帳や、太子の等身をうつすとされる中宮寺の半跏思惟（はんかしい）像の制作には、そうした女性信仰者が深く関与する。彼女たちをたばねるキーパーソンとして注目されるのが、阿弥陀三尊の持仏をおさめる優美な玉虫厨子の所有者として知られる、橘三千代である。

橘三千代は河内国古市郡の生まれで、くだんの太子の廟所、磯長陵近くに育った。そのゆかりで太子の説く女性救済を深く感得し、その阿弥陀信仰をあつく信じたとされる。

太子のための聖域として造営された法隆寺東院の創建には、三千代、その娘の光明皇后が率先して関わる。

すなわち橘夫人の太子信仰、ひいては西方浄土信仰は母から娘へと女系に受け継がれ、「白鳳から奈良時代にかけては、太子を思慕する女性が多かった」（前掲『仏像のかたちと心』）。『死者の書』の姫が生きていたのは、まさにこの時代の渦中なのである。そして姫は、藤原家出身の光明皇后の縁に濃くつらなる。小説十章に、彼女が父より、曽祖母にも当る橘夫人の法華経、「又其御胎（そのおはら）にいらせられる――筋から申せば、大叔母御（ご）にもお当り遊ばす、今の皇太后様（筆者注・光明皇后をさす）の楽毅論」の二巻の女性の手のうつしによる経巻を授けられ、感涙にむせぶ姿が描かれる。

無知な乳母や侍女のなかにあって、ひとり仏教の知を希求する姫があまりに孤独に描かれるので、つい見すごしてしまうけれど、彼女の周囲には妣（はは）なる女性たちの西方浄土感得への優美な手引きがある。

折口はこうした女性信仰の背景をよく見すえていた。『死者の書』初版の見返しには、光明皇后の手写の質感をいかす「楽毅論」が印刷され、書物自体がこの優美な経文にくるまれ、守られる死者のからだのようでもあった。

姫もまた光明皇后どうよう藤原の女性として、聖徳太子の説く女性救済に魅せられ、太子の浄土への往生をいのる信仰者の一人であると読むことは、じゅうぶんに自然なのである。

このように聖徳太子の存在は、『死者の書』にうたがいなく大きな影を落とす。もっとも核心的な主題は、もっとも内奥に秘め隠される――しばしば指摘される、折口の文学の特徴的な手法である。

太子の墓所は、死と葬の洞窟であるとともに、復活の光みちる卵形の虚空、未来への通路でもある。

イエス・キリストにもたぐえられ、死からのよみがえりの伝承にまつわるこの超人の存在は、時間をこえて歴史と物語のそこここに遍在し、さらに新しい歴史と物語を生む。

その姿は、未完の王として誅され、その荒ぶる魂を畏怖された皇子たちの系譜――大津皇子や早良親王の歴史事実に投影され、一方では光源氏に大きく結晶するような未完の王の物語の素材となる。

各時代の革命的宗教者——空海や最澄、日蓮、親鸞にも、太子の魂の転生者としての伝説がまつわる。うつわを変えての太子の魂の復活として、人々は彼らを拝する。

思えば『死者の書』の続篇として折口が、二上山と高野山とをつなぐラインを描き、高野の廟所に祀られる不死者としての空海に目をそそいでいたことも、聖徳太子と関連する。

時代をワープし、遍在する古代の影を追いもとめる超時間学としての折口の学問と創作に、世をこえ渇仰される未完の王にして超人の存在は、まことにふさわしい主題である。

*

それにつけても、蓮花みちる西方浄土への化生と永遠の若やぎとを念じ、蓮糸で死者のきものを織るとは、何とも優しく美しい思いつきである。

橘夫人のとくに親しむ観無量寿経は、こう説く——「西方の極楽世界に生まれて、蓮華の中において結跏趺坐し、蓮華の合する想いをなし、また蓮華が開く想をなせ。蓮華の開く時、五百色の光あり、来りて身を照らすと想え」。

妙なる花の瞑想。浄土に咲くめざましい蓮の花を想像し、そのなかに足を組み坐す自身のいることを、そして花びらが閉じて再びひらく時はまばゆい光がみち、その花から自身の新たに生まれることをひたすら思い、感じよ——、「蓮華化生」の極意である。

『死者の書』の初夏の夜。ねつかれぬ郎女が空中にひらく花と光に気づき、花のなかより「俤び（おもかげ）と」のあらわれるのを幻視する場面は、もちろんこうした経文の、胎内としての花から新しく生まれでるイメージによる。

「そこに大きな花。蒼白い菫（すみれ）。その花びらが、幾つにも分けて見せる隈、仏の花の青蓮華（しやうれんげ）と言ふものであらうか。郎女の目には、何とも知れぬ浄らかな花が、車輪のやうに、宙にぱつと開いてゐる。仄暗い蕋（しべ）の処に、むら〳〵と雲のやうに、動くものがある。黄金の蕋をふりわける。其（それ）は黄金の髪である。髪の中から匂ひ出た荘厳な顔」

この花浄土を想い、姫は織る。死者のためのそのきものが花をめざす蝶や鳥のようにかろやかに、浄土へと彼をみちびく羽衣であれかしとの願いをこめて。

みずからの身をけずるように死者のために織る手わざは、織り、縫う女性の苦労の原点の聖なる意義をしめしていよう。

そしてそれはことばの織物としての折口の文学の本義に通じている。ゆえに『死者の書』の自註でもある論考「山越しの阿弥陀像の画因」において彼は、織る女への自らのメタモルフォーゼ――、「夢の中の自分の身が、いつか中将姫の上になっていた」を吐露するのにちがいない。

また織りの手わざは、子のために織る母性のシンボル。折口の妣なる大和には、つねに霊妙な筬(おさ)の音がひびくことにも注目したい。

*

かつての多くの農村とおなじく、斑鳩も手織りがさかんに行われていたらしい。俳人の高浜虚子に、春の法隆寺や法起寺を訪れる写生文小説「斑鳩物語」(明治四十一年)がある。

菜の花や梨の花の咲きみだれる、今よりずっと鄙びた斑鳩の農村を、虚子ははじめから美しい織物にたとえ、作品の終末には印象的に村の女性の一心に織る筬の高音をひびかせる。

水田に蛙の鳴く声の湧く旅の夜。いずこよりか、二人の女性の筬の音がきこえる。一方はおもく、一方は「音の高い冴え〳〵した」音。冴えた方こそ、宿で働くはつらつと勝気な「お道サン」のものと知る。

お道は、青年僧との秘めた恋をしのぶ娘。夜をこめて彼のためのきものを織るのであろうか。夜中すぎても「お道サンの筬の音はまだ冴え〳〵として響いてゐた」。

大和の古寺にひびく筬の音――今の私たちには聴くことのできない音覚である。

折口が当麻曼陀羅や天寿国繡帳を見仰ぐとき、そうした農村のなつかしい筬の音はまだ響いていたであろう。その音と二重うつしに、古き世の貴女や采女のまぼろしの人影がざわざわと集まり、春の雲のような布を織り、縫う気配をまざまざと感受することもあったろう。

ましてや折口は、手織りのさかんな古い農村の筬の音にあやされ、育った子どもだったかもしれない。

彼は中学時代、自身は幼い頃は法隆寺近くの大和小泉村に里子にやられていたと、親友に語っていた。幼時を追懐する当時の歌もある。

藪出でゝ椿にはしる水の辺に若子とよばれてたけのびしわれ
斑鳩の塔見る背戸の小流れに石蟹追ひし小泉の家

これは事実なのか、自己幻想からつむがれた一種の貴種流離譚なのか。

何しろ一方では、乳母のふるさとは河内高安で、そこで育てられたとも書く彼なので、事実は判然としない。

加藤守雄の『折口信夫伝』冒頭の論考「妣の国」によれば、事実関係はともかく小泉の里は、『死者の書』の作者の原郷として、まことにふさわしい地であるという。

法隆寺や法起寺の塔が遠くに小さく見え、「生駒、信貴、その南に葛城、金剛」の山なみが見晴らせる。わたくしも訪ねたことがある。重厚な歴史をもつ鄙びた農村で、もちろんここもかつてはしきりに筬の音が鳴っていたにちがいない。

大学時代の折口に、「筬の音——わが幼時の記憶」と題する幽暗な文章がある。偶然か。先の

「斑鳩物語」と同年の発表である。

　こちらは高安の里、とされるがもちろん、小泉の里でもありうる。「十年の月日を過しし、里親の家」を久しぶりに訪れる旅行記で、菜の花咲く里を車ですすむうち、「いづこともなく、筬のおと」がきこえる。

　その音色は、かつて幼き日に機織る未知の女の家から柿の実をぬすみ、神罰をおそれて泣きじゃくった恐怖の記憶へと、「われ」をさかのぼらせる。

　折口のこころの原郷への扉をひらく一つの鍵は、どうも筬の音にあるらしい。

　じっさいの折口の母も叔母も、彼のために織ることなどなかった。生薬店を切り回すのに忙しく、子どもたちの身なりをかまうひまもなかった。

　自伝的小説「口ぶえ」には、折口の分身である安良少年の服装があまりにひどく、教師に注意される場面がある。自身でととのえるつくろわぬ身なりのために安良は、中学校で大きな辱しめを受けるというエピソードも特筆される。

　若い頃は貧しくて、冬の外套さえ買えず寒さに耐えた。妻帯せず、女手のない家で着るものに苦労し通した。身なりにかまわない風をしめす一方、とっぴに派手なものを着たがり、衣服に妙に執着することもあったという。

　「くれろ。おつかさま。著物がなくなつた」と死者に叫ばせる織物のものがたり、『死者の書』には、もちろんこうした折口のこもごもの複雑なコンプレックスも斑をなして深く織り込まれている。

折口は身を削ぎ、いとしい人のために織る女に自身をかさねて書いた。一方、羽のような至上の花のきものを着せられるのを待って横たわる死んだ男の身になり、書いたのである。

我が背戸ゆ菜の花つゞく桃の家恋の小窓に機おりの唄

――信夫十八歳の歌

風猛慕情――「山越しの阿弥陀像の画因」考

折口信夫の小説『死者の書』において一つ強烈に印象的であるのは、二上山の鞍部(あんぶ)に沈む太陽の金色の光茫であり、それを仰ぐ女の姿であろう。小説の女主人公・藤原南家郎女はとある春分の日、かがやく落日を仰ぐことにより、山の端にうるわしい巨人の面影を幻視する。そしてその幻視が、長い眠りに閉ざされたこの物語をめざめさせ、揺り起こす。

「去年の春分の日の事であつた。入り日の光りをまともに受けて、姫は正座して、西に向つて居た。(中略)落日は俄かに転き(くるめき)出した。その速さ。雲は炎になつた。日は黄金の丸(まるがせ)にな つて、その音も聞えるか、と思ふほど鋭く廻つた。雲の底から立ち昇る青い光りの風――、姫は、ぢつと見つめて居た」

「姫は、いつかの春の日のやうに、坐してゐた。(中略)二上山の峰を包む雲の上に、中秋の日の爛熟した光りが、くるめき出したのである。雲は火となり、日は八尺の鏡と燃え、青い響きの吹雪を、吹き捲く嵐――」

『死者の書』における創作家としての折口の一つの情熱は、太陽のかぐわしい光と輝き、そしてその光の矢を浴びる若い女性の恍惚の表情を描くことに向かう。彼女を囲むのは「光りの棚雲」「光りの海」「金泥の光り輝く靄」「幾本とも知れぬその光の筋」なのであり、まさに『死者の書』の一面は、〈光の小説〉として捉えられる。

ところでこの〈光の小説〉の一種の自註・解説として執筆された論考「山越しの阿弥陀像の画因」（昭和十九年）は対照的に、昏い山の端の月に瞑想的な視線をはなつ男——幕末期の画家である冷泉為恭（れいぜいためちか）のイメージから始まる。

『死者の書』が従来の折口には珍しく、「皮膚をつんざいて、あげた叫び」「乳房から迸り出ようとするときめき」「骨の疼く戦慄の快感」といった官能的な熱さを閃かせる女物語であるとするならば、その自註「山越しの阿弥陀像の画因」は折口の感性の原質により忠実な、男物語であると捉えることもできる。

小説の最終部、燦然たる曼陀羅の絵様を前にたたずむ中将姫の姿は、「山越しの阿弥陀像の画因」の冒頭でそのまま綺麗に、月の宗教画に見入る男性知識人の姿に転換される。つまり太陽を仰ぐ女の図像／月を仰ぐ男の図像として、この二つの作品はみごとに嚙み合う。

二種の図像を一対のものとして裏打ちする折口の論旨も明快である。すなわち「山越しの阿弥陀像の画因」の一つの主旨は、夕照や山の端の月に死と無常を夢想する中世の「男性たちの想像の世界」の源にじつは、太陽の輝きに魅せられ、「太古のまゝの野山を駆けまはる女性」の野性と官能の記憶のあることを説く。

しかしこのように考えても、やはり不審である。奈良朝末を舞台とする古代小説『死者の書』の「追い書き」として附されるこの論考はなぜ、幕末の画人・冷泉為恭への言及から始まるのだろうか？　そして折口の筆はなぜ執拗に彼の上にとどまり、その幽暗な伝歴をめぐって情緒深くたゆたうのだろうか？

折口は「十五夜の山の端から、月の上って来るのを待ちつけた気持ち」を画因とする為恭作の阿弥陀来迎図の図様を緻密に紹介し、つづいて粉河寺（こかわでら）に身を隠し、せつなく風猛山（かざらぎやま）の月を仰ぎつつ、仏の救済の作品を描いたであろう為恭の境涯に思いを馳せる。そして突如、折口の胸にせき上げるように、同じ地にまつわる過去のある日の、みずみずしい記憶がよみがえる。

「私にも、二十年も前に根来・粉川あたりの寺の庭から仰いだ風猛（かざらぎ）山一帯の峰の松原が思い出されて、何かせつない気がした」

このつよい想いは何なのだろう。

冒頭部分をなす為恭小伝はあきらかに「山越しの阿弥陀像の画因」の核であり、彼にそそがれる折口の熱い視線については、すでに幾人かの先行研究者が注目している。

しかし管見の限り、この要素についての具体的な解明はさほど、なされていない。冷泉為恭の周辺を調べることにより、「山越しの阿弥陀像の画因」に内蔵されるもう一つの小さな『死者の書』の可能性を探ってみたい。おそらく——官能的な恋を描き落日の火焔の色を噴き上げる『死者の書』に対し、「山越しの阿弥陀像の画因」は、清麗で淡々しい墨絵にも似た、著者の感性により素直な思慕の絵として浮かび上ってくるはずである。

＊

思慕の絵、とはいったけれど、それはたやすく見出せない。というのは「山越しの阿弥陀像の画因」の始まりは、関東大震災の不穏な世情と猛火の記憶に包まれているからだ。

この論考が書かれたのは、岡野弘彦氏の指摘するように、「戦況は切迫し藤井春洋は出征して硫黄島の守備に着任する」「危急の思いのつのる」（『折口信夫伝』）時期である。

戦局には触れず、ひたすら数種類の阿弥陀図をながめてその図像の解読にのめりこむ折口の姿勢は一見、高踏的であり閑雅と受け取られるかもしれない。しかしよく読めばここに露頭するのは、戦時下の不穏な空気の中にあって、二十年前の大震災の記憶をフラッシュ・バックさせ、さらにそれを幕末の世相へとつなぐ折口の独自な歴史感覚である。

折口は昭和初年に「美術雑誌か何か」で、為恭の阿弥陀来迎図にまつわる「奇蹟談」を読んだ。そこには、ある一人の好事家・籾山半三郎の熱意のために、為恭の来迎図が震災での焼失を間一髪でまぬがれ、「偶然助かって居た」というエピソードが紹介されていた。このエピソードから折口は、日本人の心に潜在する「神秘感の源頭」が世情の動揺に出会い、一気に噴出する様相の典型を引き出そうとする。

ところでまずこのあたりで、折口の内側に結晶される一つのイメージとしての、関東大震災と為恭との関連を確認しておこう。

まず第一には、折口が昭和初年に読んだという「美術雑誌か何か」を追尋することが肝要だが、現在の段階の管見では、これは不明である。しかし当時の美術界の雰囲気は多少わかった。

大正十二（一九二三）年の関東大震災の折に、東京に愛好者の多かった為恭の絵はその大半が焼失した。しかもこの年は為恭の没後六十年目に当り、供養のための遺作展が開催されたばかりであった。そのことと、幕末の過激派浪士に暗殺された彼の末路も想いあわされ、不思議な因縁を感じる人も少なくなかったらしい。「画因」でも言及されている日本画家・吉川霊華（きつかわれいか）と、為恭研究・逸木盛照（いつきせいしょう）の言葉を引いておこう。

「昨年冷泉為恭の六十年の法会があり、その遺作展覧会が開かれたばかりで、谷森、籾山、千葉諸氏の珍蔵した為恭の名画が今回の火災で多数灰になつたのは如何にも残念である」

——吉川霊華「震災余話」大正十二年十一月「芸術」より

「併し繰返していうようであるが、茲に悲しみても余りあることは大正十二年九月の震災である。東京には彼の愛好者も多く、随ってその逸品も少からず蒐まって居たが、劫火の為めその大半は烏有に帰してしまった。これは彼の没後六十年目であることも、何かの因縁とでもいおうか」

——逸木盛照『冷泉為恭』大正十四年、中外出版より

美術研究者や愛好家の間ではどうも、没後六十年の為恭の一連の法要事業は、大震災の予兆だったのではないかと受けとられていたようだ。為恭に関し、大正十一年から震災の直前にかけて、さかんに遺作展や講演会がおこなわれた。逸木盛照『冷泉為恭』によれば、その概要は次の通りである。

大正十一年五月三十一日、日本橋倶楽部において為恭追弔展覧会開催。主催者は谷森真男、吉川霊華、籾山半三郎。

大正十一年六月、東京上野寛永寺において為恭六十年遠忌法要。主催者は谷森真男、吉川霊華、籾山半三郎。

大正十二年六月十八日、大阪浦江了徳院において、為恭六十年遠忌法要・遺墨展開催。

大正十二年六月二十日、紀伊粉河寺御池坊において願海上人五十年及び為恭六十年遠忌法

要・遺墨展開催。

このように震災の直前に、為恭の作品は一堂に集められ開陳されながら、その多くが火焔に焼かれ、幻となったわけである。その悲運がかえって人々の神秘感を誘い、震災後から昭和の初めにかけて美術界を中心に、顕彰の気運が盛んになった。

美術研究のみならず、小説にもその数奇の生涯がとりあげられる。村松梢風「冷泉為恭」（大正十五年一月「中央公論」、後『本朝画人伝』所収）はこの間の事情について、「為恭の画をやかましくいいだしたのは大正年代に入ってから」とし、震災前後からの一種のブームを指摘して「為恭は今や古画界における最新流行児となった観がある」と述べる。

折口が「美術雑誌か何か」で為恭の阿弥陀図についてのエピソードを読んだのは、ちょうどこの時期であろう。「日本の美術第二六一号　冷泉為恭と復古大和絵」（中村溪男解説、昭和六十三年、至文堂）収載「参考文献」などを参照しつつ、この時期の為恭についての主要な論考・画集を次に整理しておく。

角田羽仙「冷泉為恭（一）～（五）」（大正十二年七月五日、十五日、二十五日、八月五日、二十五日「芸術」）

藤堂祐範「願海伝資料」（大正十三年一月「芸文」）

江藤徴英「為恭雑記」（大正十四年一月一日以下数回、「中外日報」）
逸木盛照『冷泉為恭』（大正十四年、中外出版）
溝口禎次郎「冷泉為恭とその芸術」（昭和四年七月「書画骨董雑誌」）
『為恭逸品集』（昭和二年十一月、平安精華社）
恩賜京都博物館編『田米知佳画集』（昭和四年、便利堂）

なお為恭の生涯に取材する創作としては、村松梢風に前記の評伝「冷泉為恭」の他、小説「綾衣絵巻」（為恭と、美貌で名高いその妻・綾衣との関係を中心に描くもの。昭和三年九月九日～十二月二日「東京日日新聞」「大阪毎日新聞夕刊」に連載）、藤森成吉に小説『悲恋の為恭』（昭和十三年十月、改造社）と、なかば画集の体裁をなす評伝『渡辺崋山と冷泉為恭』（昭和十四年十月、高見沢木版社）などがある。

関西出身の折口において、京都を中心に天誅の嵐吹きすさぶ幕末の血なまぐさい雰囲気は、そう遠い過去のものではない。知識においても彼は幕末史に精通している。

加えて、師である柳田の兄・井上通泰は秘蔵の資料により、従来文久三年とされる為恭の没年について、早くから四年説を唱えていた（久保田米笠「冷泉為恭譚」、大正十一年十二月「国華倶楽部」参照）。柳田の弟の松岡映丘も、復古大和絵派の流れを汲む日本画家として、為恭の絵とその芸術的生活に深く心酔していた。

また柳田は、為恭研究家にして粉河寺御池坊の住職・逸木盛照と親交があつかった。大正九（一九二〇）年の『秋風帖』の旅では、逸木盛照に会うために粉河寺へ立ち寄りなどしている。逸木住職は民俗学にも造詣が深く、柳田は彼を「古い同志」（『秋風帖』「自序」）と呼ぶ。逸木の名は、柳田の『炭焼日記』昭和十九年二月七日の項にも見られる。親交は長かった。

このような師の縁の筋から、折々何らかの為恭譚を洩れ聞くこともあったであろう。あるいは、松岡映丘と同じ「金鈴社」の同人であり、やはり為恭心酔家として名高い吉川霊華の友人には、「アララギ」で折口の親しかった歌人・岡麓がいる。

折口は、昭和初年に雑誌記事を読んで卒然と為恭に興味を抱いたわけではあるまい。為恭に関する主要な研究や伝記には継続的に目を通していると考えるほうが自然である。折口の目に触れているであろう資料類を参照しつつ、さらに追求したいのは、『死者の書』の後記を書こうとする折口がなぜこのように深く、為恭に魅入られるのかということである。

まずこの為恭という素材は、幕末の情熱的な復古大和絵師であるという点において、つまり〈文芸復興〉を体現する人物として、折口の熾烈な視線を浴びているのにちがいない。

絵画史のうえで為恭は、先輩である田中訥言（とつげん）、浮田一蕙（いっけい）らの流れを汲み、当時滅びかけていた大和絵復興をめざした「復古大和絵派」の領袖である。そのために幼少時から古絵巻物の模写・有職故実の研究に精進し、人々を驚嘆させたという。しかも彼の特色は、こうした絵の技術面を越え、自分の生活全体を古代（彼の場合、王朝を指標とする）へのあこがれに染めた点にある。

逸木盛照『冷泉為恭』に収集される為恭の和歌の中から、その古代憧憬を象徴する二首を次に紹介する。

うたゝねの夢のなかにもいにしへの尊き御代をみるよしもがな

いにしへをうつしつたへんためにこそ身をやすかれと祈るばかりぞ

古代を恋うあまり為恭は、住居も衣服もすべて上代風を用い、寝食を忘れて古画を模写したという。結局その過激なまでの尚古癖が周囲の反感を誘い、その非業の死を招いたとも解釈されている。

為恭周辺の画人の聞き書きを材料とする大村西崖「土佐絵中興の名手岡田式部」（大正三年四月「書画骨董雑誌」）によれば、壮年の頃の為恭の日常生活は次のようであったという。

「二十七八歳の頃、家を西洞院通り下立売上る所に建てた。十畳及び八畳の客室総て檜材を用い、王朝乃至藤原時代の古風に倣(なら)いて室内には畳を敷きつめず、古い唐櫃などを置き、楣(び)間(けん)には道風筆の額を掲げ、壁上には当麻寺より借りた『中将姫絵伝』の双幅を掛けなどした」

幕末に古代を再現すべくこころみる為恭の矯激なまでの生活思想は、折口が若い頃読み、感激したというメレジュコフスキーの歴史小説『背教者ジウリアノ』の主人公をほうふつさせる。

そして注目したいのは、中将姫への為恭の深い想いである。彼は王朝の美女の典型として、自分の芸術上のミューズとして中将姫を尊崇し、絵伝を座右に置いていたという。その結実として三十代の彼の作品に、尼姿の中将姫が蓮糸を採る姿を描く『中将法如大禅図』がある。こんなところにも、折口が胸の内にひそかに抱く『死者の書』と冷泉為恭との結びつきの必然性が見え隠れしていよう。

奈良朝末と同じく幕末もまた、激動の転換期である。その渦中にあってひたすら古代を憧憬する為恭の情熱は、古代的要素の近代における表われ——文芸復興を描くうえで格好の素材であろう。

とともに為恭は折口の一つの分身でありうる。さまざまの資料や創作が照射する彼の伝歴には、折口が共振しそうな要素が多い。

たとえば為恭は、貴種幻想を強くもつ人だった。彼は狩野派の画人・狩野永泰と、明覚寺の役僧の娘の織乃との間に生まれたが、父母の正規の子ではないのではないかと強く疑っていた。織乃は結婚前に、公家の冷泉家に仕えていた。為恭は、自分は冷泉家の落胤ではないかと思っていた。青年期に狩野姓を廃し、自ら冷泉姓を冠している。

また、折口がそうであるように為恭も、月光愛の人であった。月を作品に描くことが多く、

「烏帽子狩衣に黒漆の太刀を佩いてよく庭をそゞろ歩きし、月影に自分の姿を映してたのしんだ」（藤森成吉「悲恋の為恭」）。『月夜山荘図』、『月下清談自画讃』のような、月に見入る若い公家姿の自画像なども残されている。

そして何より折口が為恭に共感するのは、為恭が一人の心友を持ち、その心友と深い想いを交すことによって麗しい作品を結実させた点にあると想像される。

為恭は、願海という心友を持っていた。「山越しの阿弥陀像の画因」で折口が注視する「阿弥陀来迎図」こそまさに、願海への想いをこめて描き出された作品なのである。

＊

為恭と願海はくしくも、同年（文政六・一八二三年）同月生まれである。逸木盛照『冷泉為恭』、角田羽仙「冷泉為恭」を参照し、二人の関係のあらましを紹介しておく。

願海は上州高崎出身。十六歳の時剃髪受戒し、三十一歳の時叡山において千日回峰行を達成。その功徳により内勅を受け、孝明天皇の玉体加持と祐宮（後の明治天皇）の成育祈念に奉仕、高名を馳せる。以降、「大行満願海」と称する。

この頃からその皇国護持の志と清廉な人柄を尊敬する為恭との交遊がおこり、願海の依頼で為恭がその著作の挿絵を描くことが始まった。手始めが、玉体加持と帝子成育の願いを込める『仏頂尊勝曼陀羅図』（安政元・一八五四年）であり、以後も願海の要望に応え、為恭は多くの仏画を描く。

　願海はその後失脚して叡山を去り、一時、栂尾山石雲庵にとどまったが安政五（一八五八）年、無住の紀州粉河寺御池坊に赤貧の状態で転任した。

　一方の為恭は文久二（一八六二）年、以前から彼を二重スパイとしてつけねらっていた浪士に襲われ、西加茂の神光院に潜居する。ここで剃髪して心蓮と名を改め、僧形となって願海をたより、粉河寺へと向かう。願海は彼をかくまい、浪士の目をごまかすため、御池坊の墓地に為恭の寿碑を建立。さらに失意の為恭にしきりに仏画の制作をすすめる。御池坊の池水はまた、阿弥陀出現の池と伝えられるものでもあった。

　願海への感謝をこめ、また阿弥陀仏への祈念をこめてここで描かれたのが、為恭晩年の傑作『阿弥陀来迎図』であるわけだ。折口が「山越しの阿弥陀像の画因」で言及するように、「為恭は、この絵を寺に留めて置いて、出かけた旅で、浪士の刃に、落命したのであった」。

　為恭晩年の紀州粉河寺への亡命と彼の地での願海とのこまやかな交情は、評伝や小説が必ずといってよいほど大きく取り上げる山場である。しかるに折口は粉河寺で制作された『阿弥陀来迎図』、そして寺の境内から間近に仰がれる風猛山の山容に触れながら、願海の存在および彼の為恭との友情に言及することはない。それはいかにも折口の好みそうな情景であるにも拘わらず――。

　このことは、周到な作為にもつながるある種の含羞を感じさせずにいない。つまり、風猛山を仰ぎつつ二人の僧形の男のせつなく立つ風景は、折口の内奥に秘められるテーマ、彼の情念の核心に触れすぎている。それが露わになれば、「山越しの阿弥陀像の画因」全体にただよう縹渺とした情緒の陰翳はかえって霧散してしまう。それゆえに折口は、二人の交情の風景を表には出さず、「画因」の水面下に沈めたのだろう。

釋沼空というペンネームの象徴するように、折口に少年時から強い出家願望があり、それが不可思議に彼の恋情と結びついていることについては、富岡多恵子『釋沼空ノート』に詳細な指摘がある。

折口の創作にはきわめて印象的な形でくり返し、幽邃（ゆうすい）な寺域が描かれる。最も象徴的な例として、初期の自伝的小説「口ぶえ」がある。

主人公の十五歳の少年・漆間安良（うるまやすら）は、恋しい同級生・渥美泰造の呼びかけに応じ、彼が夏休みをすごす「西山の寺」（京都・善峰寺がモデル）を訪れる。そこにこもって夏痩せした渥美の清らかな風姿に安良は、僧としての運命を予感し、いっそう恋しさをつのらせる。

「西山の寺」は、安良の心をしっとりと抱きしめるような幽艶な場所だ。「油照り」がし、乾いて埃っぽい市場町とは異なり、ここには常に「冷やかな山気」がただよい、かすかに渓川の音が響いている。竹藪をわたる風の音、夏菊のゆれる庭の黄昏、ほのぐらい夕靄、雨戸からさしこむ青い月光、その光の中に浮かぶ渥美の白い額。

血のつながる人々のかもす体臭やなまぐさい生活の匂いから遠く離れ、しいんと静まった清らかで白い繭のような世界で、恋しい人の細い顎の線をみつめ、「糸を揺るやうな」はかない鼾を聴いていることの至福感。恋の小説「口ぶえ」の核心だ。

清潔で無垢な、けれど反面色濃い官能の薫るこのような寺の情景は、二上山の峰から落ちる瀬の音響く当麻寺を舞台とする『死者の書』をはじめ、桜咲く高野山で、参詣の貴人が若い僧の「襟から肩、まだ成就しきらない後姿の背筋」にまなざしをそそぐ「死者の書　続篇（第一稿）」など、多くの折口の創作に織り込まれる。

とくに「口ぶえ」は若書きであるゆえに、折口のエロスの所在をかなり直截に示す。それにつけても思われるのは、渥美と安良の寄り添う構図の何と、願海と為恭との関係に似ていることか。

為恭はそれまでと打って変わって周囲の人々の見捨てる中、同い年の友・願海だけをたよりに風猛山の麓の粉河寺へとたどりついた。さまざまな資料で為恭の粉河亡命のくだりを読む折口は、そこに自分の内なるモチーフと照応する要素を認め、内心とどろく想いを抑えかねるものがあったはずだ。

折口はそもそも為恭を、その願海とのエピソードゆえに知り初め、若い頃からずっと気にしていたのではないか。「山越しの阿弥陀像の画因」で述べるように折口は、二十年前（単純に計算すれば、大正十三年三十七歳前後、ということになる）粉河に旅し、寺の境内から風猛山を仰いでいる。粉河寺には願海の事蹟が多く、また当時の御池坊本職・逸木盛照は為恭および願海研究の第一人者である。

旅した粉河寺でまず、願海と為恭の交情を深く印象している可能性は濃い。折口の申告する「二十年前」とはややずれるが、前述したように大正十二（一九二三）年六月には粉河寺で願海と為恭の遠忌法要、遺墨展が開催されている。一年の記憶ちがいで、折口が訪れていることも充分考えられる。のみならず——。

折口自身は「山越しの阿弥陀像の画因」では述べていないが、もっと若い頃にすでに粉河寺を訪れている。このことについては、前記の岡野弘彦『折口信夫伝』に指摘がある。

初めての民俗学論「髯籠（ひげこ）の話」（大正四～五年）の冒頭に、中学生の時友人との旅で、葛城山を迷った末、粉河寺に立ち寄った経験が印象深く回想されている。また折口には「風猛帖」という歌帖も残されており、若い頃から、粉河寺から仰ぎ見る風猛山の風景に深い思い入れをいだいていたことが察せられるというのである。

そういえば、十九歳の折口にこんな歌がある。空想旅行の産物か、あるいは実際の風猛への旅の所産か？　その時すでに風猛の地にまつわる願海と為恭の物語に、折口の心の琴線は触れ、奏でられていたか。

山背風紀路に吹きこす今宵もやかゞひ立つらむ風猛の里

*

願海が為恭をかくまったのは粉河寺御池坊、阿弥陀仏の出現が伝えられる美しい池のほとりの書院である。このような池ある寺のイメージも、折口にはなつかしいものだったにちがいない。

この幽邃の地で願海は絵の道具をそろえ、為恭に仏画の制作に打ち込むことをすすめた。中村渓男「為恭の生涯と絵画」(『冷泉為恭』昭和五十四年六月、東京国立博物館)によれば、為恭の仏画のほとんどは願海の示唆と指導の下に描かれたものであるが、粉河亡命中の作品には特にその傾向が強い。二人の友情の象徴ともいうべき合作の絵巻物『忘形見』(二巻)も、ここで完成された。

為恭には、願海を心中に思い念じながら描いた絵巻が、すでに二種類ある。一つは栂池高山寺の願海の仮寓を訪れ、その山中での清貧の生活を描いた『石雲清事』(一巻、安政三年から四年秋頃の制作)。もう一つは、叡山で修業を積んだ願海を想いながら描いたとされる山水絵巻『叡山図巻』(一巻、制作年不詳。深林、滝、嶽の鹿などを点描する叡山中腹の風景は、『阿弥陀来迎図』の山景に酷似する)。

粉河寺で描かれた『忘形見』はそれらとはやや趣きを変え、願海の生涯を絵画化した、いわば願海絵伝である。出家、叡山での千日行などその生涯のトピックともいうべき場面を為恭が描き、それにふさわしい古歌を願海が選んで自筆で書き入れた。藤森成吉の小説『悲恋の為恭』から、その合作ぶりがうかがわれる場面を引いておく。

「あれほどはにかみながら、願海もひどく興味を惹かされて、ひまさへあれば書院へ出かけて仕事をのぞき込んだ。それは必要でもあつた。描くそばから、彼はいろいろこまかな指示や示唆を与へた。画の進行につれ、今更ながら友人の腕に感歎して、画面ごとに添へる歌をたのしみに撰び出した。（中略）一方、為恭はまるで憑かれたやうに仕事をつづけて、つひに粉河の場面まで下図を描きあげた。幾棟かの堂宇や門や、御池坊の長い屋根や、ひろびろとつらなつた書院の白い障子や、松や竹藪や岩山のたたずまひや、……眼前のものだけ、それは描きよくもあつたが、それだけ感慨無量だつた」

願海への想いを込め、粉河寺の荘厳な堂や門を次々に描いてゆくこの為恭の渾身の様子は、『死者の書』のさいごで、織り上げた白布に当麻寺の堂塔を夢中で描く郎女の姿を明らかに思わせる。

「やがて筆は、愉しげにとり上げられた。線描(すみがき)きなしに、うちつけに絵具を塗り進めた。美しい彩画(たみえ)は、七色八色の虹のやうに、郎女の目の前に、輝き増して行く。

姫は、緑青を盛つて、層々うち重る楼閣伽藍の屋根を表した。数多い柱や、廊の立ち続く姿が、目赫(かがや)くばかり、朱で彩(た)みあげられた」

織る人としての中将姫伝説から、織るのみでなくこのように、描く人としての中将姫を立ち上げたのは、折口の創意であろう。そこにはおそらく、為恭の印象がかさねられている。

仮に願海とのエピソードがなくても、冷泉為恭は折口の歴史感覚に鋭く訴える存在であったろう。新古せめぎあう激動期に狂的なまでに古代を憧憬する情熱。そのいろごのみの花やかな生活と作品。為恭はその宗教画において多くの神仏を描いたが、彼の描くカミとはあくまでも、みずみずしく若やかである点に、その大きな特徴がある。

その一つの真骨頂は、神仏総覧図の観さえある『仏頂尊勝陀羅尼神明仏陀降臨曼陀羅図』（粉河亡命中の作品）などにもうかがわれる。為恭は恵比寿神をさえ、福々しいオトナとしては描かない。彼の描く恵比寿神は、あでやかな朱唇をもつ若い貴人である。あるいは彼は先例にはずれ、普賢菩薩を稚児姿の可憐な少年として描いた。

稚く清らかな風情、若さの艶麗への為恭の渇仰は、その暗い亡命生活においても失われることはない。このような態度は、戦中・戦後の殺伐とした世相にあっても一貫して青春美の嘆賞者であり、日本のカミの一つの原像を興福寺の阿修羅像のういういしい少年美に求めた、折口の美意識・宗教意識に深く通底する。

さらに願海とのエピソードのあることは、折口において為恭をいっそう忘れがたい存在としたにちがいない。願海との交情を礎に開花する為恭の一連の創作のありようこそ、創作家としての折口を深く刺激する芸術の至上の様相である。

折口のこのような志向は、『死者の書』の執筆動機を「古い故人の罪障消滅の営み」とする「山越しの阿弥陀像の画因」での発言にも明らかである。折口の永遠のおもかげの人・天王寺中学の同窓生の辰馬桂二は、昭和四年に四十二歳で死んだ。折口はしばらくその死を知らなかった。久方ぶりに夢にその人が出てきた。彼も秘めつつ自分を想ってくれていたのだと覚った。それで死者の魂を鎮める小説を書くことを思いついたという。

折口の創作の動機にはしばしば、近しい人との心のきずなが秘められる。作品は、友人や弟子への愛の結晶である。彼がその著作において、愛する弟子に口述筆記させるという一種の合作の形を好んだのも、この観点から大いにうなずける。

願海と為恭の合作ともいうべき『忘形見』は、開巻に魅惑的なふしぎな一枚の絵を持つ。春の野原。流れのわきに一人の稚児が立つ。稚児は満開の桜の枝を持ち、うっとりと春風に吹かれている。つづく荘厳な上人絵伝とは一見、何の関わりもないかのような絵柄であり、不審を覚えた村松梢風は、このような感想を述べている(『冷泉為恭』)。

「其の小さな画面からは何とも云われない幽玄な気分が漂うていて、たとえば尊い御寺に参籠してまどろむひまに得た夢のような暗示に富んでいる」

重厚な宗教絵巻に附されるこの可憐な絵こそ実は、願海上人絵伝の根底の動機と作者の本懐をひそやかに暗示する。かすかに揺れる花びらのような、思慕と友情を象徴する絵――。折口がこの絵をも、目にしているかどうかはわからない。しかし折口の瞳が、為恭の作品の暗示的な主題のありようと、それが体得する仏教芸術の清純なエロスに深々と吸いよせられていることは確かである。

「山越しの阿弥陀像の画因」には独特の情念がただよう。精緻な図像学を展開する一方で折口は、せつなく焦がれて山を仰ぐ幼い自分の姿をも、どこかに焼き付けようとしている。

そこには、表向きの主題とは別に〈心願〉〈感得〉〈罪障消滅〉を隠れた大切な主題とする仏教芸術の手法が働きかけている。折口の脳裏で「山越しの阿弥陀像の画因」とは、絢爛たる絵巻物としての『死者の書』の、隠れた主題を表わす清楚な下絵――『忘形見』として意識されていたのではないだろうか。

本書におさめた文章のうち、左の三篇は既発表のものを改稿しました。あとは全て書き下ろしです。

「青の戦慄――柳田國男」（『文学・語学』第二〇七号、全国大学国語国文学会編掲載「戦慄――柳田國男の主題」）、「未来を呼ぶ批評」（『現代思想　折口信夫』第四十二巻第七号、青土社掲載「未来を呼ぶ批評家」）、「風猛慕情――『山越しの阿弥陀像の画因』考」（『昭和文学研究』第四十三集、昭和文学会編掲載「風猛慕情――『山越しの阿弥陀像の画因』に関する一考察」）

あとがき

折口信夫を読むと、ページから濃密な情緒が立ち昇る。これは学問の論考を読むときも、詩歌や戯曲小説などの創作を読むときも、おなじだ。その情緒にこころが濡れ、染まってゆく。それは彼が書き、あるいは語るこころの窓をいっぱいに開き、粉飾も武装もなしに私たちに語りかけているからだと思う。

作者と読者との距離感が格別だ。独創的だ。まるで私たち読者は彼とともに船に乗り、思考の青い波にゆられ、水平線の彼方をめざす航海者のよう。

かつてこの摩訶不思議な距離感が、松浦寿輝氏の『折口信夫論』にて、息苦しく読者にまつわりつく「権力」「言語的な専制支配」として批評された。研究史の一つの快挙であった。

そう、折口信夫を読むということは複雑な営みなのだ。彼のはなつ蠱惑の論理にいったんは圧倒されなければならない。けれど圧倒されたまま、彼をカリスマと仰いでその論理をなぞり、絶対化するとむしろ、彼の蠱惑は薄れて消えてしまう。蠱惑はたちまち平板に単調になる。彼の魅力を減ずる読者になってしまう。

そうはなるまい。それは固く決意した。ではいかに彼の強烈な磁力に全的に絡めとられず、彼を愛せるか。そのしごとの稀有な流動性と多様な本質を見きわめるか――。

私が十代のときに出会い、感動した彼とは、古代学・言語学・民俗学・宗教学に君臨する知の巨人ではない。世間の常識とはまた全く別の道をゆるぎなく歩きとおした人。すさまじい合理主義者。やわな幻想の破壊者。にして永遠に彼方に恋いこがれる人。

矛盾がひしめく。それをきれいにまとめようとしない。平気で自身の学説を突き崩す。築き、固めることに興味がない。水のように一瞬をかがやき、流れつづける生命の力を重視する。いつも、永遠に流れて動きたい人。そのような魂。そこに光を当てたかった。そのためには彼が幼少時代からその乳をたっぷりと吸い、青い志をゆさぶられた一つの母郷――近代文学の風景のなかに彼を置き、その文学へのあこがれと苦闘の姿に目をこらすのが最もふさわしいと考えた。

創作と学問を一体のものとして読んでほしいと、彼は私たち読者につよく訴えつづけている。その意に沿い、読みとくことをも心がけた。

たとえば彼の少年の日からの夢――夕空の彼方の魂のふるさとに焦がれる強烈なあこがれと、日本人の精神史に大きくそびえる〈異郷〉への考究とが渾然し、また、人か獣か分かちがたく抱きあう愛の始原への彼の若々しい感激と、石や水流・植物にも人間の魂の源を求める古代人の〈内界〉への考察とが融合するように、読むことをこころみたつもりである。

永井荷風に関する本を書きおえた後、幻戯書房の編集者の三好咲さんが、ぜひ今度は折口信夫をと声をかけてくださった。五年ほど前のことになる。

じつは当時、折口信夫の強烈なカリスマ性から逃げ出したくなっていた。たとえば折口は、笑いは日本文学のたいせつな要素と説く。それを実践すべく、彼は日常生活でもしきりに冗談を言い、弟子たちとゲームをして笑いたがった。

しかし折口は笑いにあこがれても、自分に笑いの要素はない人。その才能は乏しい人。だから真のユーモアの芸術家・荷風を知って、私は楽しかった。こころが温かくやわらかくなった。世界に鮮やかな色が戻った。そのときの私の人生の季節に、荷風はまことに優しかった。

父はすでに亡くなり、母もちょうど亡くなって、私の五十代初めはこころ細っていた。自身も母であり娘をもつ身がふがいないが、年の変わり目で体調も崩れていた。

そこへ再び、折口信夫とは。できるだろうか。彼の烈しい情念の放射を浴びられるだろうか。よろけないだろうか。恐かった。しかしどう考えても、ぜひやりたい。年経たこころと身体で折口信夫の世界に分け入るのは、秘かな深い夢だった。

ひっきょう自分がつよい読者になるしかない。折口信夫の形式打破の合理主義に惹かれた最初の自分にもどって歩きはじめ、立ち向かうしかない。そこにたどりついた。

全集をすべて読み直しなどしている間に、こまやかに応援してくださった三好さんは故郷に帰られることとなった。看護師になるためと伺った。三好さんは凄腕の編集者。病む人がおおいに頼りとする、病院のすてきな太陽になられることと思う。

三好さんの大学時代の恩師は、亡き民俗宗教学者の中村生雄先生。授業中、折にふれて先生が私のつたない旧著『折口信夫　独身漂流』をご紹介くださり、三好さんの脳中に私の名が残ったという。つまり本書は、中村生雄先生の御縁でできた。

中村先生とは、今を去る二十年以上前、山折哲雄先生・赤坂憲雄先生がご一緒の小学館の民俗誌『創造の世界』の対談で、京都で初めてお目にかかった。お会いしたのはそのたった一度きり。ふしぎな御縁だ。

中村先生は、研究者のタマゴのタマゴにとりわけ優しい明朗なセンセイだった。対談の翌朝のすさまじい二日酔いの中、先生みずから私の部屋のドアをノックし、「持田さん、朝ごはんに行かない？」と誘ってくださった。

きのうは京都の夜桜酒ですっかり酔っちゃったよね、と言いながら、センセイと無名のタマゴはそれから二時間あまり、酔い覚ましにブッフェのオレンジジュースを何杯も飲みながら、まるでゼミ合宿のように柳田國男・折口信夫の学問について熱く議論したのだった。

御温情と学恩は忘れません。中村生雄先生、ありがとうございます。

折口信夫の学びについて日頃教えを賜わる岡野弘彦先生・長谷川政春先生・小川直之先生に、この場を借り、深くお礼を申し上げます。

この本では初めてパソコンをつかいました。パソコンは思ったより手強い相手で、夫に一から伝授をうけました。有難いの一言に尽きます。とはいえ下書きはやはり手書き。手がいたいけれど、手で書くのが好きなのです。

三好さんの後を継ぎ、気鋭の編集者・名嘉真春紀さんにこの本を仕上げていただきました。感謝を申し上げます。

二〇一六年八月九日

持田叙子

主要参考文献一覧

折口信夫の著作からの引用は一九九五年より刊行が開始された新編集『折口信夫全集』（中央公論社）より行いました。柳田國男の著作からの引用は一九六八年より刊行が開始された『定本　柳田國男集』（筑摩書房）より行いました。

引用文はなべて、多少の例外は除き、論考・随筆の類は新仮名遣いに直しました。創作については旧仮名遣いのままを残しました。

［折口信夫関連］（著者名五十音順）

安藤礼二『折口信夫』講談社　二〇一四年
安藤礼二『光の曼陀羅　日本文学論』講談社　二〇〇八年
池田彌三郎『池田彌三郎著作集』第一巻　角川書店　一九七九年／第七巻　同年
池田彌三郎・谷川健一『柳田国男と折口信夫』岩波書店　一九九四年
岡野弘彦『折口信夫の記』中央公論社　一九九六年
岡野弘彦『折口信夫伝　その思想と学問』中央公論新社　二〇〇〇年
岡野弘彦『折口信夫の晩年』中公文庫　一九七七年
岡野弘彦『歌を恋うる歌』中央公論社　一九九〇年

『日本近代文学大系46　折口信夫集』角川書店　一九七一年
折口博士記念古代研究所編『折口信夫手帖』折口博士記念古代研究所　一九八七年
加藤守雄『わが師　折口信夫』文藝春秋社　一九六七年
加藤守雄『折口信夫伝　釈迢空の形成』角川書店　一九七九年
芸能学会編『折口信夫の世界　回想と写真紀行』岩崎美術社　一九九二年
小谷　恒『迢空・犀星・辰雄』花曜社　一九八六年
高橋直治『折口信夫の学問形成』有精堂出版　一九九一年
富岡多恵子『釋迢空ノート』岩波書店　二〇〇〇年
中村生雄『折口信夫の戦後天皇論』法蔵館　一九九五年
西村亨編『折口信夫事典』大修館書店　一九八八年
西村亨『折口信夫とその古代学』中央公論新社　一九九九年
芳賀日出男『折口信夫と古代を旅ゆく』慶応義塾大学出版会　二〇〇九年
長谷川政春「解説・折口信夫研究」・『古代研究Ⅵ　国文学篇2』角川文庫　一九七七年
長谷川政春・和泉久子『海やまのあひだ／鹿鳴集』明治書院　二〇〇五年
保坂達雄『神と巫女の古代伝承論』岩田書院　二〇〇三年
前川幸雄編『ここにも一人　門弟子が　折口信夫と牛島軍平』フェニックス出版　一九七八年
松浦寿輝『折口信夫論』太田出版　一九九五年
松本博明『折口信夫の生成』おうふう　二〇一五年
丸谷才一『後鳥羽院　第二版』筑摩書房　二〇〇四年
持田叙子『折口信夫　独身漂流』人文書院　一九九九年

吉増剛造『生涯は夢の中径　折口信夫と歩行』思潮社　一九九九年
「短歌」（釋沼空追悼号）一九五四年一月　角川書店

［その他関連文献］（前同）
赤坂憲雄『山の精神史　柳田国男の発生』小学館　一九九六年
岩野泡鳴『岩野泡鳴全集』第九巻　臨川書店　一九九五年／第十一巻　一九九六年
石川啄木『啄木全集』第五巻　筑摩書房　一九六七年
逸木盛照『冷泉為恭』中外出版　一九二五年
岩本由輝『柳田民俗学と天皇制』吉川弘文館　一九九二年
江藤徴英「為恭雑記」・「中外日報」一九二五年
大橋一章『天寿国繡帳の研究』吉川弘文館　一九九五年
大村西崖「土佐絵中興の名手岡田式部」・「書画骨董雑誌」一九一四年四月
岡谷公二『柳田国男の青春』筑摩書房　一九七七年
同『殺された詩人　柳田国男の恋と学問』新潮社　一九九六年
同『柳田國男の恋』平凡社　二〇一二年
恩賜京都博物館編『田米知佳画集』便利堂　一九二九年
兼清正徳『松浦辰男の生涯　桂園派最後の詩人』作品社　一九九四年
金子啓明『仏像のかたちと心　白凰から天平へ』岩波書店　二〇一二年
木村勲『鉄幹と文壇照魔鏡事件　山川登美子及び「明星」異史』国書刊行会　二〇一六年
金田一京助『北の人』梓書房　一九三四年

国木田独歩『国木田独歩全集　増訂版』第一巻　学習研究社　一九七八年／第二巻　同年／第三巻　同年
久保田米笠「冷泉為恭譚」・「国華倶楽部」一九二二年十二月
後藤博山編『為恭逸品集』平安精華社　一九二七年
小林一郎『自然主義作家　田山花袋』新典社　一九八二年
島崎藤村『藤村全集』第四巻　筑摩書房　一九六七年／第七巻　一九六七年
志村ふくみ『伝書　しむらのいろ』求龍堂　二〇一三年
薄田泣菫『薄田泣菫全集』第一巻　創元社　一九三八年
高浜虚子『定本　高浜虚子全集』第五巻　毎日新聞社　一九七四年
館林市教育委員会文化振興課編『田山花袋宛柳田国男往復書簡集』館林市　一九九一年
田山花袋『南船北馬』博文館　一八九九年
同『定本　花袋全集』第一巻　臨川書店　一九三六年／第十六巻　一九三七年
同『時は過ぎゆく』日本近代文学館　一九七二年
同『古人の遊跡』博文館　一九二七年
同『耶馬溪紀行』実業之日本社　一九二七年
千葉俊二編『近代文学における源氏物語』おうふう　二〇〇九年
角田羽仙「冷泉為恭」・「芸術」一九二三年七月五日、十五日、二十五日、八月五日、二十五日
鶴見和子『漂泊と定住と　柳田国男の社会変動論』ちくま文庫　一九九六年
藤堂祐範「願海伝資料」・「芸文」一九二四年一月
中村溪男「為恭の生涯と絵画」・『冷泉為恭』東京国立博物館　一九七九年六月
中村溪男解説「日本の美術」第二六一号（冷泉為恭と復古大和絵特集号）一九八八年二月　至文堂

西村亨『新考　源氏物語の成立』武蔵野書院　二〇一六年
野田宇太郎『関西文学散歩　京都・近江』雪華社　一九六一年
藤森成吉『悲恋の為恭』改造社　一九三八年
同『渡辺崋山と冷泉為恭』高見沢木版社　一九三九年
舟橋聖一『岩野泡鳴伝』青木書店　一九三八年
溝口禎次郎「冷泉為恭とその芸術」・「書画骨董雑誌」一九二九年七月
三田村雅子『記憶の中の源氏物語』新潮社　二〇〇八年
村松梢風「冷泉為恭」・「中央公論」一九二六年一月／『本朝画人傳』第二巻　中央公論社　一九八五年
同「綾衣絵巻」・「東京日日新聞」「大阪毎日新聞夕刊」一九二八年九月九日〜十二月二日
持田叙子『折口信夫　独身漂流』人文書院　一九九九年
同『泉鏡花　百合と宝珠の文学史』慶応義塾大学出版会　二〇一二年
森鷗外『鷗外全集』第一巻　岩波書店　一九七一年／第二巻　一九七二年／第六巻　一九七二年／第十九巻　一九七三年
『新学社近代浪漫派文庫13　与謝野鉄幹／与謝野晶子』新学社　二〇〇六年
『現代日本文学全集36　紀行随筆集』改造社　一九二九年
『日本の詩歌2　土井晩翠・薄田泣菫・蒲原有明・三木露風』中公文庫　一九七六年
『日本人の心の原点・聖徳太子』磯長山叡福寺　一九九四年
吉川霊華「震災余話」・「芸術」一九二三年十一月

持田叙子（もちだ・のぶこ）

一九五九年生まれ。慶応義塾大学大学院修士課程修了。国学院大学大学院博士課程単位取得修了。一九九五年より二〇〇〇年まで『新編折口信夫全集』全三十七巻・別巻四（中央公論社、同新社）の編集・校訂・解題執筆をおこなう。国学院大学兼任講師。毎日新聞書評担当者。三田文学理事。専攻は近代文学研究と文芸評論。

著書に、『折口信夫　独身漂流』（人文書院、一九九九年）、『朝寝の荷風』（人文書院、二〇〇五年）、『荷風へ、ようこそ』（慶応義塾大学出版会、二〇〇九年、第三十一回サントリー学芸賞受賞）、『永井荷風の生活革命』（岩波書店、二〇〇九年）、『泉鏡花　百合と宝珠の文学史』（慶応義塾大学出版会、二〇一二年）などがある。

歌の子詩の子、折口信夫

二〇一六年十月九日　第一刷発行

著　者　持田叙子
発行者　田尻　勉
発行所　幻戯書房
郵便番号一〇一－〇〇五二
東京都千代田区神田小川町三－十二
岩崎ビル二階
電　話　〇三（五二八三）三九三四
FAX　〇三（五二八三）三九三五
URL　http://www.genki-shobou.co.jp/
印刷・製本　中央精版印刷

ISBN978-4-86488-107-4　C0095

幻戯書房の好評既刊

夕鶴の家

父と私

辺見じゅん

家族、文学、民話、昭和史、そして自分自身——歌人として、作家として、角川家の長女として、ひたむきな生を求め続けた「昭和の語り部」の全貌をたどる。自伝的文章や取材秘話、家庭での実体験を反映した学生時代の創作まで、貴重な原稿の数々をまとめた遺稿エッセイ集。

四六判上製／二二〇〇円

桔梗の風

天涯からの歌

辺見じゅん

短歌の解明を抜きにして、日本人の心の精髄を捉えることは出来ない——歌に賭けた男と女の苛烈な生、そして「御製」「御歌」について。釋迢空をはじめ山本健吉、塚本邦雄、寺山修司、中城ふみ子、片山廣子、原阿佐緒などの作品を幅広く論じた、唯一の歌論集。

四六判上製／二二〇〇円

飛花落葉　季を旅して

辺見じゅん

父・角川源義亡きあと訪れた日本の村々で、土地の民話と季節が呼び起こしたさまざまな記憶——俳句および俳人への遥かなる想い。「俳句」連載ほか、源義と折口信夫の師弟関係をめぐる「角川源義の文学」、「櫓山荘の多佳子」などの俳論を収録。

四六判上製／二二〇〇円

愛の棘　島尾ミホエッセイ集

戦が迫る島での恋、結婚と試煉、そして再び奄美へ——戦後日本文学史上もっとも激しく〝愛〟を深めた夫婦の、妻による回想。南島の言葉ゆたかに夫・敏雄との記憶を甦らせる第二エッセイ集。『海辺の生と死』以降、晩年に至るまでの初書籍化となる作品を集成。

四六判上製／二八〇〇円

死者の花嫁

葬送と追想の列島史

佐藤弘夫

自然葬・樹木葬など葬送のあり方が多様化する現在。では、従来の仏教式の葬送文化はそもそもどのように成立したのか。そしてそれを支えていた日本人の〝死生観〟とは。墓、先祖、幽霊――その常識を覆す、死後についてのパースペクティヴ。各紙誌絶賛の論考。

四六判上製/二四〇〇円

トリビュート百人一首

幻戯書房編集部編

平安と今をつなぐ和歌×短歌。総勢二十六人の現代歌人が「百人一首」に挑む! 本歌から刺激を得て、ときに訳すように、ときに返歌するように、いまの言葉で新しい歌を詠み、鑑賞をつける。古典へのとびら、歌詠みの道しるべとして最適な一冊。

B6判上製/一八〇〇円